Obra poética

Yves Bonnefoy

OBRA POÉTICA

Volume II

Organização e tradução
Mário Laranjeira

Prefàcio para esta edição
Yves Bonnefoy

ILUMINURAS

Capa
Eder Cardoso / Iluminuras

Revisão
Ana Paula Cardoso

Este livro segue as novas regras do Acordo Ortográfico da Língua Portuguesa.

CIP-BRASIL. CATALOGAÇÃO NA PUBLICAÇÃO
SINDICATO NACIONAL DOS EDITORES DE LIVROS, RJ
B695o
Bonnefoy, Yves, 1923-2016
Obra poética Yves Bonnefoy, volume II / Yves Bonnefoy ; tradução e apresentação Mário Laranjeira prefácio para esta edição Yves Bonnefoy. - [2. ed.]. - São Paulo : Iluminuras, 2022.
220 p. ; 23 cm.

"Obras reunidas o autor Yves Bonnefoy"
ISBN 978-65-5519-127-1

1. Poesia francesa. I. Laranjeira, Mário. II. Bonnefoy, Yves. III. Título.

21-75128 CDD: 841
CDU: 82-1(44)

Meri Gleice Rodrigues de Souza - Bibliotecária - CRB-7/6439

2022
EDITORA ILUMINURAS LTDA.
Rua Inácio Pereira da Rocha, 389 - 05432-011 - São Paulo - SP - Brasil
Tel./Fax: 55 11 3031-6161
iluminuras@iluminuras.com.br
www.iluminuras.com.br

ÍNDICE

NA ILUSÃO DO LIMIAR / *DANS LE LEURRE DU SEUIL* (1975)

O RIO / *LE FLEUVE* 13

NA ILUSÃO DO LIMIAR / *DANS LE LEURRE DU SEUIL* 17

DUAS CORES / *DEUX COULEURS* 27

DUAS BARCAS / *DEUX BARQUES* 31

O fogo, os seus prazeres de seiva rasgada, / *Le feu, ses joies de sève déchirée.* 35

A TERRA / *LA TERRE* 37

AS NUVENS / *LES NUÉES* 49

O ESPARSO, O INDIVISÍVEL / *L'ÉPARS, L'INDIVISIBLE* 65

AQUILO QUE FOI SEM LUZ / *CE QUI FUT SANS LUMIÈRE* (1987)

I

A lembrança / *Le souvenir* 79

As árvores / *Les arbres* 84

O gavião / *L'épervier* 86

O adeus / *L'adieu* 88

O espelho curvo / *Le miroir courbe* 91

I Olha-os lá, naquela encruzilhada; / *Regarde-les là-bas, à ce carrefour;* 91

II Gostam de voltar tarde, assim. / *Ils aiment rentrer tard, ainsi.* 92

Uma pedra / *Une pierre* 93

A voz, que retomou / *La voix, qui a repris* 94

A voz ainda / *La voix encore* 95

II

Passando junto ao fogo / *Passant auprès du feu* 97

O poço / *Le puits* 99

O poço, as urzes / *Le puits, les ronces* 100

A rapidez das nuvens / *La rapidité des nuages* 101

O raio / *La foudre* 102

A orla do bosque / *L'orée du bois* *103*

I Tu dizes-me que gostas da palavra urze, / *Tu me dis que tu aimes le mot ronce,* 103

II E é de manhã, no entanto, nesta terra / *Et pourtant, c'est bien l'aube, dans ce pays* 104

Uma pedra / *Une pierre* 105

A palavra *urze*, dizes / *Le mot* ronce, *dis-tu* 105

O galho / *La branche* 107

Sobre galhos carregados de neve / *Sur des branches chargées de neige* 109

I De um a outro galho nevoso, desses anos / *D'une branche neigeuse à l'autre, de ces années* 109

II Salvo que o mundo, na verdade, tem apenas / *Sauf, c'est vrai, que le monde n'a d'images* 110

A neve / *La neige* 111

III

Por onde a terra finda / *Par où la terre finit* 113

I Pois que é ao cair da noite que alça voo / *Puisque c'est à la tombée de la nuit que prend son vol* 113

II Uma sombra de folha ou de flor / *Une ombre de feuille ou de fleur* 114

III Tal que caminhava ao mesmo passo / *Tel qui allait du même pas* 115

IV Tal que se esgueirava / *Tel qui se faufilait* 116

V Tal acorria, nos seguia. / *Tel accourait, nous suivait.* 117

VI Budistas sem o saber. / *Bouddhistes sans le savois.* 118

VII Passando por exemplo diante dos velhos cemitérios / *Passant par exemple devant les vieux cimetières* 119

VIII E aonde ia aquele outro ainda, / *Et où allait cet autre encore,* 120

IX Um que segurava uma taça, / *Un qui tenait une coupe,* - 349 121

X Caminhos, / *Chemins,* 122

Lá onde cava o vento / *Là où creuse le vent* 123

I Dizem que um deus buscou / *On dit qu'un dieu chercha* 123

II Mas lá mora o relâmpago / *Mais demeure l'éclair* 124

III Empáfia dos dias / *Suffisance des jours* 124

Dedham, visto de Langham / *Dedham, vu de Langham* 126

I Dedham, visto de Langham / *Dedham, vu de Langham* 126

II Pintor, / *Peintre* 128

IV

Psiquê diante do castelo de Amor / *Psyché devant le château d'Amour* 131

O alto do mundo / *Le haut du monde* 132

I Eu saio, / *Je sors,* 132

II Ela abriria sem ruído, / *Elle ouvrirait sans bruit,* 133

III Noutros tempos, meus amigos, / *En d'autres temps, mes amis,* 134

IV E tivesse ela vindo / *Et fût elle venue* 135

V Eu saio, / *Je sors,* 136

VI E a beleza do mundo ali se debruçava / *Et la beauté du monde s'y penchait* 137

VII Ó galaxias / *Ô galaxies* 138

Uma pedra / *Une pierre* 139

V

A agitação do sonho / *L'agitation du rêve* 141

I Ainda neste sonho o rio: / *Dans ce rêve le fleuve encore:* 141

II E eu ergo os olhos, / *Et je lève les yeux,* 144

III Volto a fechar os olhos. / *Je referme les yeux.* 145

IV E eu me afasto e vou chegando à margem. / *Et je m'éloigne et vais vers le rivage.* 146

O país do cume das árvores / *Le pays du sommet des arbres* 147

I Parecia a criança vagar sobre o cume da árvore, / *L'enfant semblait errer au sommet de l'arbre,* 147

II A criança desceu depois, de galho em galho / *L'enfant redescendit plus tard, de branche en branche* 148

A noite de verão / *La nuit d'été* 148

I Foste esculpida à frente de uma proa, / *Tu as été sculptée à une proue,* 149

II E ali entre as flores desses campos, as de cera / *Et là, parmi les fleurs des champs, celles de cire* 150

III E que enigma um lugar, quando também as coisas / *Et quelle énigme un lieu, quand ainsi les choses* 151

IV Vais, contra a barca a tua mão toca na água. / *Tu vas, ta main contre la barque touche l'eau.* 152

V Vais, e ainda te parece que se alarga / *Tu vas, et il te semble encore que s'élargit* 153

A barca dos dois sonos / *La barque aux deux sommeils* 154

I Desliza a barca estreita dos dois sonos / *Glisse la barque étroite aux deux sommeils* 154

II Eles dormem. O tempo foi vencido enfim / *Ils dorment. Fut vaincu enfin le temps qui œuvre* 156

III Eles sonham. Na vida como nas imagens / *Ils rêvent. Dans la vie comme dans les images* 157

IV Na coisa a estrela reapareceu, / *L'étoile dans la chose a reparu,* 158

Tarefa de esperança / *La tâche d'espérance* 159

INÍCIO E FIM DA NEVE / *DÉBUT ET FIN DE LA NEIGE* (1991) seguido de LUGAR ONDE CAI A FLECHA / *LÀ OÙ RETOMBE LA FLÈCHE*

A GRANDE NEVE / *LA GRANDE NEIGE* 163

Primeira neve ainda madrugada. / *Première neige tôt ce matin.* 163

O espelho / *Le miroir* 164

A charrua / *La charrue* 165

O pouco d'água / *Le peu d'eau* 166

Neve / *Neige* 167

Nossa Senhora da Misericórdia / *La Vierge de Miséricorde* 168

O jardim / *Le jardin* 169

As maçãs / *Les pommes* 170

Verão ainda / *L'été encore* 171

Muitos e mudos numa frase, dir-se-ia, / *On dirait beaucoup d'e muets dans une phrase* 172

Flocos / *Flocons* 173

De natura rerum / *De natura rerum* 174

O adorno / *La parure* 175

Noli me tangere / *Noli me tangere* 176

Logo antes da alva / *Juste avant l'aube* 177

As tochas / *Les flambeaux* 178

HOPKINS FOREST / *HOPKINS FOREST* 181

Tinha eu saído a / *J'étais sorti* 181

O TUDO, O NADA / *LE TOUT, LE RIEN* 185

I É a última neve da estação, / *C'est la dernière neige de la saison,* 185
II A dar ouvidos, sim, a fazer minha / *Oui, à entendre, oui, à faire mienne* 186
III Seja-te a grande neve o tudo, o nada, / *Te soit la grande neige le tout, le rien,* 187

A ÚNICA ROSA / *LA SEULE ROSE* 189

I Neva, é estar de volta a uma cidade / *Il neige, c'est revenir dans une ville* 189
II E lá em cima eu não sei se é a vida / *Et là-haut je ne sais si c'est la vie* 190
III Avanço então, até sob o arco de uma porta. / *J'avance alors, jusque sous l'arche d'une porte.* 191
IV Mas o que estou a olhar é uma neve / *Mais ce que je regarde, c'est de la neige* 192

LUGAR ONDE CAI A FLECHA / *LÀ OÙ RETOMBE LA FLÈCHE* 193

I Perdido. A poucos passos da casa / *Perdu. À quelques pas de la maison,* 193
II Perdido, no entanto. / *Perdu, pourtant.* 194
III Perdido. E de todos os lados acorrem / *Perdu. Et les choses accourent de toutes parts* 195
IV Ele se lembra de que um passarinho / *Il se souvient qu'un oiseau* 196
V Mas por que está ele agora subindo / *Mais pourquoi gravit-il maintenant* 197
VI Ele tem dez anos. / *Il a dix ans.* 198
VII O ladrar de um cão, que pôs fim ao seu medo. / *L'aboi d'un chien, qui a mis fin à sa peur* 200

A VIDA ERRANTE / *LA VIE ERRANTE* (Excertos) / (1993) seguido de
UMA OUTRA ÉPOCA DA ESCRITURA /
UNE AUTRE ÉPOQUE DE L'ÉCRITURE (Excertos)

A VIDA ERRANTE / LA VIE ERRANTE 203

Impressões, sol poente / *Impressions, soleil couchant* 203

DE VENTO E DE FUMAÇA / *DE VENT ET DE FUMÉ* 205

I A Ideia, assim passou-se, é a medida de tudo, / *L'Idée, a-t-on pensé, est la mesure de tout,* 205
II Mas quem disse / *Mais qui a dit* 207
III Estas páginas foram traduzidas. / *Ces pages sont traduites.* 209

UMA PEDRA / *UNE PIERRE* 211

Uma pedra / *Une pierre* 211

INÉDITO

O ainda cego / *L'encore aveugle* 213

PRINCIPAIS OBRAS PUBLICADAS 218

OBRA POÉTICA

Volume II

NA ILUSÃO DO LIMIAR

(1975)

DANS LE LEURRE DU SEUIL

They look'd as they had heard of a world
ransom'd, or one destroyed.

Le Conte d' hiver.

O RIO

Não, não, tu sempre
Num desfraldar da asa do impossível
Despertas com um grito,
Do lugar, que é só sonho. Tua voz, de súbito,
Como torrente é rouca. Todo o sentido, em bloco,
Aí desaba, com ruído
De sono lançado sobre a pedra.

E te levantas uma vez eterna
Nesse verão que te obceca
Ainda o ruído de um além, perto, longínquo;
Vais a essa janela que vibra... Fora, sem vento,
Cada coisa da noite está imóvel
Como um avanço de água sobre a luz.
Olha,
A árvore, o parapeito do terraço,
A área, como pintada no vazio,
As massas claras de safra na ravina,
Mal estremecem, um reflexo talvez

De outras árvores e pedras sobre um rio.
Olha! Força os teus olhos, olha! Nada aqui,
Seja essa grota, seja esse clarão
No topo da borrasca, ou o pão, ou o vinho,

Mantém esse pra sempre de silente
Respiração noturna que casava
No antigo sono

LE FLEUVE
Mais non, toujours / D'un déploiement de l'aile de l'impossible / Tu t'éveilles, avec un cri, / Du lieu, qui n'est qu'un rêve. Ta voix, soudain, / Est rauque comme un torrent. Tout le sens, rassemblé, / Y tombe, avec un bruit / De sommeil jeté sur la pierre. // Et tu te lèves une éternelle fois / Dans cet été qui t'obsède. / A nouveau ce bruit d'un ailleurs, proche, lointain; / Tu vas à ce volet qui vibre... Dehors, nul vent, / Les choses de la nuit sont immobiles / Comme une avancée d'eau dans la lumière. / Regarde, / L'arbre, le parapet de la terrasse, / L'aire, qui semble peinte sur le vide, / Les masses du safre clair dans le ravin, / A peine frémissent-ils, reflet peut-être // D'autres arbres et d'autres pierres sur un fleuve. / Regarde! De tout tes yeux regarde! Rien d'ici, / Que ce soit cette combe, cette lueur / Au faîte dans l'orage, ou le pain, le vin, // N'a plus cet à jamais de silencieuse / Respiration nocturne qui mariait / Dans l'antique sommeil

Os bichos e as coisas anoitadas
Ao infinito sob o manto de astros.
Olha,
A mão que toma o seio,
Reconhece-lhe a forma, faz saltar-lhe
A suave aridez, a mão se afasta,
Medita o seu hiato, a ignorância,
E queima retirada no grito deserto.
O céu brilha no entanto aos mesmos signos,
Por que o sentido
Ficou coagulado no flanco da Ursa,
Incurável ferida que divide
Dentro do rio de tudo através tudo
Com seu coalho, um número de morte,
O afluxo rútilo das vidas foscas?
Ficas a olhar correr o rio terrestre,
A montante, a jusante a mesma noite
Apesar dos reflexos que reúnem
As estrelas em vão com seus frutos mortais.

E sabes já, melhor, que tu sonhavas
Que uma barca repleta de uma terra negra
Se afastava da margem. O barqueiro
Arcava o corpo todo ao varejão
Que se apoiara, não sabias onde,
Lá no fundo do rio, lamas sem nome.

Ó terra, terra,
Por que a perfeição do fruto, quando
O sentido tal como barca apenas
Pressentida se furta à cor e à forma,

Les bêtes et les choses anuitées / A l'infini sous le manteau d'étoiles. / Regarde, / La main qui prend le sein, / En reconnaît la forme, en fait saillir / La douce aridité, la main s'élève, / Médite son écart, son ignorance, / Et brûle retirée dans le cri désert. / Le ciel brille pourtant des mêmes signes, / Pourquoi le sens / A-t-il coagulé au flanc de l'Ourse, / Blessure inguérissable qui divise / Dans le fleuve de tout à travers tout / De son caillot, comme un chiffre de mort, / L'afflux étincelant des vies obscures? / Tu regardes couler le fleuve terrestre, / En amont, en aval la même nuit / Malgré tous ces reflets qui réunissent / Vainemet les étoiles aux fruits mortels // Et tu sais mieux, déjà, que tu rêvais / Qu'une barque chargée de terre noire / S'écartait d'une rive. Le nautonier / Pesait de tout son corps contre la perche / Qui avait pris appui, tu ignorais / Où, dans les boues sans nom du fond du fleuve. // O terre, terre, / Pourquoi la perfection du fruit, lorsque le sens / Comme une barque à peine pressentie / Se dérobe de la couleur et de la forme,

E de onde esse lembrar que aperta o peito
Da barca de outro estio à flor da relva?
Donde, sim, tanta evidência através tanto
Enigma, e tanta fé ainda, e mesmo tanta
Alegria, mantida? E por que essa imagem
Que não é a aparência, que não é
Nem mesmo o sonho turvo, insiste ela, embora
Denegação do ser? Dias profundos,
Um deus jovem passava a vau o rio,
O pastor se afastava na poeira,
Crianças a brincar na alta folhagem,
Risos, pacíficas batalhas, os ruídos
Da noite, e ali o espírito pulsava, igual...

Hoje o barqueiro
Outra praia não tem, só a ruidosa, negra
E Boris de Schloezer, quando morreu
A ouvir no ancoradouro aquela música
Da qual nada sabiam os demais (era, talvez,
A flauta da libertação já revelada
ou da terra perdida um bem final,
"Obra", transfigurada? — atrás de si
Só deixou essas águas queimadas de enigma.
Ó terra,
Estrelas mais violentas nunca a orla
Do céu selaram com fogos mais fixos,

Mais devorante apelo de pastor na árvore
Não devastou jamais verão mais tenebroso.

Et d'où ce souvenir qui serre le cœur / De la barque d'un autre été au ras des herbes? / D'où, oui, tant d'évidence à travers tant / D'énigme, et tant de certitude encore, et même / Tant de joie, préservée? Et pourquoi l'image / Qui n'est pas l'apparence, qui n'est pas / Même le rêve trouble, insiste-t-elle / En dépit du déni de l'être? Jours profonds, / Un Dieu jeune passait à gué le fleuve, / Le berger s'éloignait dans la poussière, / Des enfants jouaient haut dans le feuillage, / Rires, batailles dans la paix, les bruits du soir, / Et l'esprit avait là son souffle, égal... // Aujourd'hui le passeur / N'a d'autre rive que bruyante, noire / Et Boris de Schloezer, quand il est mort / Entendant sur l'appontement une musique / Dont ses proches ne savaient rien (était-elle, déjà, / Là flûte de la délivrance révélée / Ou un ultime bien de la terre perdue, / "Oeuvre, transfigurée?) — derrière soi / N'a laissé que ces eaux brûlées d'énigme. / O terre, / Étoiles plus violentes n'ont jamais / Scellé l'orée du ciel de feux plus fixes, // Appel plus dévorant de berger dans l'arbre / N'a jamais ravagé été plus obscur.

....
....

Terra,
Que tinha ele notado, que entendia,
O que foi que aceitou?
Escutou, longamente,
Depois se levantou, o fogo
Dessa obra que atingia,
Quem sabe, em alto cimo
De desenlaces, reencontros, alegrias
Iluminou seu rosto.

Ruído, ocluso,
Do varejão batendo a água barrenta,
Noite
Da corrente arrastando no fundo do rio.
Além,
Onde eu tudo ignorava, onde escrevia,
Um cachorro talvez envenenado unhava
A amarga terra noturna.

//........./.........// Terre, / Qu'avait-il aperçu, que comprenait-il, / Qu'accepta-t-il? / Il écouta, longtemps, / Puis il se redressa, le feu / De cette oeuvre qui atteignait, / Qui sait, à une cime / De déliements, de retrouvailles, de joie / Illumina son visage. // Bruit, clos, / De la perche qui heurte le flot boueux, / Nuit / De la chaîne qui glisse au fond du fleuve. / Ailleurs. / Là où j'ignorais tous, où j'écrivais, / Un chien peut-être empoisonné griffait / L'amère terre nocturne.

NA ILUSÃO DO LIMIAR

Esbarra,
Esbarra sempre.

Na ilusão do limiar.

Na porta, selada,
Na frase, vazia,
No ferro, despertando
Só as palavras, o ferro.

Nessa linguagem, negra.

Naquela que está ali
Imóvel, a velar
À mesa, carregada
De signos, de clarões. E que é chamada

Três vezes, mas não se ergue.

....

Na reunião, de que estava ausente
O celebrável.

No trigo deformado
E no vinho que seca.

Na mão a segurar
Outra mão ausente.

Na inutilidade
De se recordar.

DANS LE LEURRE DU SEUIL
Heurte, / Heurte à jamais. // Dans le leurre du seuil. // A la porte, scellée, / A la phrase, vide. / Dans le fer, n'éveillant / Que ces mots, le fer. // Dans le langage, noir. // Dans celui qui est là / Immobile, à veiller / A sa table, chargée / De signes, de lueurs. Et qui est appelé // Trois fois, mais ne se lève. //..........// Dans le rassemblement, où a manqué / Le célébrable. // Dans le blé déformé / Et le vin qui sèche. // Dans la main qui retient / Une main absente. // Dans l'inutilité / De se souvenir.

Na escritura, com pressa
Ensilada de noite

E nas palavras antes
Mesmo da alva apagadas.

....

Na boca que deseja

De uma outra boca
O mel que estio algum
Pode amadurecer.

Na nota que, de chofre,
Se intensifica
Até ser, glacial,
O passe, quase,

Logo a insistência da
Nota calada
Que desmantela a onda
Nua, embaixo da estrela.

Num reflexo de estrela
Sobre ferro.
Na angústia dos corpos
Que não se encontram.

Esbarra, tarde.

Os lábios desejantes
Mesmo se corre o sangue.

Mão que esbarra maior

Ainda quando
O braço não é mais que cinza
Dispersada.

Dans l'écriture, en hâte / Engrangée de nuit // Et dans les mots éteints / Avant même l'aube. //..........// Dans la bouche qui veut // D'une autre bouche / Le miel que nul été / Ne peut mûrir. // Dans la note qui, brusque, / S'intensifie / Jusqu'à être glaciaire, / Presque la passe // Puis l'insistance de / La note tue / Qui désunit sa houle / Nue, sous l'étoile. // Dans un reflet d'étoile / Sur du fer. / Dans l'angoisse des corps / Qui ne se trouvent. // Heurte, tard. // Les lèvres désirant / Même quand le sang coule, // La main heurtant majeure // Encore quand / Le bras n'est plus que cendre / Dispersée.

....

....

Bem adiante do cão
Na terra negra
Lança-se o barqueiro aos gritos
Para a outra margem.
Boca cheia de lama,
Olhos comidos,
Empurra para nós a barca
Pela matéria.
Que fundo encontra o varejão, não sabes,
Nem que deriva,
Nem o que hão de aclarar, presas de negro,
As palavras do livro.

Bem adiante do cão
Que se recobra mal
Envolvem-te, barqueiro,
Com o manto dos signos.
Falam contigo, dão-te
Uma ou duas chaves, o vão
Mapa de uma outra terra.
Escutas, de olhos já voltados

Para a água escura.
Escutas, a caírem,
As pesadas pazadas.

Bem adiante do cão
Que ontem morreu
Querem plantar, barqueiro,
Tua fosforescência.
As mãos das jovenzinhas
Afastaram a terra
Sob a haste que carrega
O ouro dos grãos futuros.

//........../..........// Plus avant que le chien / Dans la terre noire / Se jette en criant le passeur / Vers l'autre rive. / La bouche pleine de boue, / Les yeux mangés, / Pousse ta barque pour nous / Dans la matière. / Quel fond trouve ta perche, tu ne sais, / Quelle dérive, / Ni ce qu'éclaireront, saisis de noir, / Les mots du livre. // Plus avant que le chien / Qu'on recouvre mal / On t'enveloppe, passeur, / Du manteau des signes. / On te parle, on te donne / Une ou deux clefs, la vaine / Carte d'une autre terre. / Tu écoutes, les yeux déjà détournés // Vers l'eau obscure. / Tu écoutes, qui tombent, / Les quelques pelletées. // Plus avant que le chien / Qui est mort hier / On veut planter, passeur, / Ta phosphorescence. / Les mains des jeunes filles / Ont dégagé la terre / Sous la tige qui porte / L'or des grainées futures.

Poderias ainda distinguir seus braços
De sombras graves.
O intumescer dos seios
Por sob a túnica.
Rir se inflama lá no alto
Mas tu te afastas.

Foste lançado em sangue
Dentro da luz,
Abriste os olhos, a gritar,
Para nomear o dia,
Mas o dia nem foi dito

Que já recai
A cortina do sangue, em surdo estrondo,
Por sobre a luz.
Rir se inflama lá no alto,
Vermelha na espessura

Que se desagrega.
Desvia-te dos fogos
Da nossa margem.

Bem adiante do fogo
Que mal pegou
Está a testemunha do fogo, indecifrada,
Sobre um leito de folhas.
Faces voltadas para nós,
Leitores de signos,
Que vento da outra face, não ouvido,
Os fará soar?
E que mãos hesitantes
Como que descobrindo
Hão de tomar, folhear
A sombra dessas páginas?
Que mãos a meditar
Como que tendo achado?

Tu pourrais distinguer encore leurs bras / Aux ombres lourdes, / Le gonflement des seins / Sous la tunique. / Rire s'enflamme là-haut / Mais tu t'éloignes. // Tu fus jeté sanglant / Dans la lumière, / Tu as ouvert les yeux, criant, / Pour nommer le jour, / Mais le jour n'est pas dit // Que déjà retombe / La draperie du sang, à grand bruit sourd, / Sur la lumière. / Rire s'enflamme là-haut, / Rougeoie dans l'épaisseur // Qui se désagrège. / Détourne-toi des feux / De notre rive. // Plus avant que le feu / Qui a mal pris / Est placé le témoin du feu, l'indéchiffré, / Sur un lit de feuilles. / Faces tournées vers nous, / Lecteurs de signes, / Quel vent de l'autre face, inentendu, / Les fera bruire? / Quelles mains hésitantes / Et comme découvrant / Prendront, feuilleteront / L'ombre des pages? / Quelles mains méditantes / Ayant comme trouvé?

....

Oh, curva-te, assegura,
Nuvem
Do sorriso que passa
Em rosto claro.

Sê pra quem teve frio

Junto da margem
A filha do Faraó
E suas servas,

Aquelas de quem a água,
Ainda antes do dia,
Invertidas reflete
Os panos rubros.

....

E qual mão que separa
Sobre uma mesa
O grão quase brotado
Do joio escuro

E na água do bosque negro
Pegando dobra-se
De um reflexo, onde súbito
O sentido se forma,

Acolhe, por que durmam
Na tua palavra,
Nossos termos que o vento
Fura em rajadas.

....

//..........// Oh, penche-toi, rassure, / Nuée / Du sourire qui bouge / En visage clair. // Sois pour qui a eu froid // Contre la rive / La fille de Pharaon / Et ses servantes. // Celles dont l'eau, encore / Avant le jour, / Reflète renversée / L'étoffe rouge. //..........// Et comme une main trie / Sur une table / Le grain presque germé / De l'ivraie obscure // Et sur l'eau du bois noir / Prenant se double / D'un reflet, où le sens / Soudain se forme, // Accueille, pour dormir / Dans ta parole, / Nos mots que le vent troue / De ses rafales. //..........//

"Vieste acaso a fim de beber deste vinho?
Não permito que o bebas.
Vieste acaso a fim de aprender este pão
Sombrio, queimado em fogo de promessa,
Não te permito que lhe leves luz.
Vieste acaso a fim de que somente
Te desaltere a água, tépida, bebida
Em meio à noite após alheios lábios
Entre a cama desfeita e a terra simples,
Não permito tocares nesse copo.
Vieste acaso a fim de que brilhe a criança
Acima dessa chama que a sela
Na imortalidade da hora de abril
Em que ela pode rir, e tu, onde a ave pousa
Na hora que o acolhe e não tem nome,
Não te permito ergueres as mãos acima desse
        lar onde eu reino claro.

Vieste?
Não te permito apareceres.
Perguntas?
Não te permito saberes o nome formado por teus
        lábios."

....

Bem adiante das pedras
Que o operário
De pé no muro arranca
Tarde, na noite.

Bem adiante do flanco do corvo, que marca
De ferrugem a bruma
E passa pelo sonho a lançar o seu grito
Pleno de terra negra.

"Es-tu venu pour boire de ce vin, / Je ne te permets pas de le boire. / Es-tu venu pour apprendre ce pain / Sombre, brûlé du feu d'une promesse, / Je ne te permets pas d'y porter lumière. / Es-tu venu ne serait-ce que pour / Que l'eau t'apaise, un peu d'eau tiède, bue / Au milieu de la nuit après d'autres lèvres / Entre le lit défait et la terre simple, / Je ne te permets pas de toucher au verre. / Es-tu venu pour que brille l'enfant / Au-dessus de la flamme qui le scelle / Dans l'immortalité de l'heure d'avril / Où il peut rire, et toi, où l'oiseau se pose / Dans l'heure qui l'accueille et n'a pas de nom, / Je ne te permets pas d'élever tes mains au-dessus de / l'âtre où je règne clair. // Es-tu venu, / Je ne te permets pas de paraître. / Demandes-tu, / Je ne te permets pas de savoir le nom formé par tes lèvres." //..........// Plus avant que les pierres / Que l'ouvrier / Debout sur le mur arrache / Tard, dans la nuit. // Plus avant que le flanc du corbeau, qui marque / De sa rouille la brume / Et passe dans le rêve en poussant un cri / Comble de terre noire.

Bem adiante do estio
Que a pá arrebenta,
Bem adiante do grito
Em outro sonho,

Atira-se a gritar aquele que
Nos representa,
Sombra que a esperança faz
Sobre a origem,

E a única unidade, o movimento
Do corpo — quando, de repente,
Com sua massa lançada ao varejão
Já nos esquece.

....

Nós, esta voz a que recalca
O vento das palavras.
Nós, esta obra a que lacera
Seu turbilhão.
Pois se a ti chego, que falaste,
Entulhos, fluxos, ecos,
A sala está vazia.
Seria "outro" a voz que me responde,
Ou eu ainda?
E sob o arco do eco, repetido
Outra coisa serei
Senão uma das flechas, atirada
Contra as coisas?

Nós
Entre os ruídos
nós um deles.

A despegar-se
Da parede que rui,
A escavar-se, a vazar-se,

Plus avant que l'été / Que la pelle casse, / Plus avant que le cri / Dans un autre rêve, // Se jette en criant celui qui / Nous représente, / Ombre que fait l'espoir / Sur l'origine, // Et la seule unité, ce mouvement / Du corps — quand, tout d'un coup, / De sa masse jetée contre la perche / Il nous oublie. //..........// Nous, la voix que refoule / Le vent des mots. / Nous, l'œuvre que déchire / Leur tourbillon. / Car si je viens vers toi, qui as parlé, / Gravats, ruissellements, / Échos, la salle est vide. / Est-ce "un autre", l'appel qui me répond, / Ou moi encore? / Et sous la voûte de l'écho, multiplié / Suis-je rien d'autre / Qu'une de ses flèches, lancée / Contre les choses? // Nous / Parmi les bruits, / Nous L'un d'eux. // Se détachant / De la paroi qui s'éboule, / Se creusant, s'évasant,

A esvaziar-se de si,
A empurpurar-se,
A inchar-se de distante plenitude.

....

Olha aquela torrente,
Lança-se aos gritos no verão deserto
E entretanto, imóvel,
É a parelha empinada
E a face cega.
Escuta.
Não fica o eco em torno mas dentro do ruído
Qual seu abismo.
As falésias do ruído,
Os funis em que as águas vão quebrando,
A saxífraga
Se arrancam dos teus olhos como um grito
De águia, final.
Onde se quebra o peitoral da voz da água,
Não no podes ouvir,
Mas deixa-te levar, olhar cegado,
Pela asa rouca.

Nós
No fundente do ruído,
Nós
Levados.

Nós, sim, quando a torrente
De mãos rompidas
Lança, rola, retoma
O absoluto das pedras.

O predador
No ápice do voo,
Aos gritos,
Curva-se sobre si e se lacera.

Se vidant de soi, / S'empourprant, / Se gonflant d'une plénitude lointaine. //..........// Regarde ce torrent, / Il se jette en criant dans l'été désert / Et pourtant, immobile, / C'est l'attelage cabré / Et la face aveugle. / Écoute. / L'écho n'est pas autour du bruit mais dans le bruit / Comme son gouffre. / Les falaises du bruit, / Les entonnoirs où se brisent ses eaux, / La saxifrage / S'arrachent de tes yeux avec un cri / D'aigle, final. / Où heurte le poitrail de la voix de l'eau, / Tu ne peux l'entendre, / Mais laisse-toi porter, œil ébloui, / Par l'aile rauque. // Nous / Au fusant du bruit, / Nous / Portés. // Nous, oui, quand le torrent / A mains brisées / Jette, roule, reprend / L'absolu des pierres. // Le prédateur / Au faîte de son vol, / Criant, / Se recourbe sur soi et se déchire.

Do peito dividido pelo bico escuro
Jorra o vazio.
No ápice da palavra ainda o ruído,
Na obra
A vaga de um ruído segundo.
Mas no ápice do ruído muda a luz.

....

Todo o infirme visível
Se desescreve,
Brasa onde passa o apelo
De outras campanhas

E o raio está em paz
Acima do arvoredo,
Seio onde em sonho bolem
Dormência e morte,

E arde, uma cor,
Noite do mundo
Como se expande na água
Negra, um pano pintado

Quando a imagem divide
Súbito o fluxo,
Gritando o grão, o fogo,
Contra uma vara.

....

Hora
Descontada da soma, neste instante.
Presença
Descrente já da morte. Lâmpada
Que se ajoelha em silêncio
E queima
Desviada, sacudida
Pela noite que não tem cimo.

De son sein divisé par le bec obscur / Jaillit le vide. / Au faîte de la parole encore le bruit, / Dans l'œuvre / La houle d'un bruit second. / Mais au faîte du bruit la lumière change. //..........// Tout le visible infirme / Se désécrit, / Braise où passe l'appel / D'autres campagnes // Et la foudre est en paix / Au-dessus des arbres, / Sein où bougent en rêve / Sommeil et mort, // Et brûle, une couleur, / La nuit du monde / Comme s'éploie dans l'eau / Noire, une étoffe peinte // Quand l'image divise / Soudain le flux, / Criant son grain, le feu, / Contre une perche. //..........// Heure / Retranchée de la somme, maintenant. / Présence / Détrompée de la mort. Ampoule / Qui s'agenouille en silence / Et brûle / Déviée, secouée / Par la nuit qui n'a pas de cime.

Escuto-te
Vibrar no vazio da obra
Que anda a penar pelo mundo.
Percebo o pisoteamento
De apelos
Cujo pasto é a lâmpada que queima.
Pego a terra aos punhados
Nessa abertura nas paredes lisas
Em que fundo não há
Antes do dia.
Escuto, pego

Em teu cesto de corda
Toda a terra. Lá fora,
É ainda o tempo da dor
Antes da imagem.
Na mão de lá fora, fechada,
Começou a germinar
O trigo das coisas do mundo.

....

O bateleiro
Que toca com a vara, meditante,
A tua espádua
E tu, aquele a quem já encobre a noite
Quando tua vara vai buscando em vão
O fundo desse rio,

Qual é, qual vai perder-se,
Quem pode esperar, quem prometer?
Inclinado, vê que desponta na água
Todo um semblante

Tal como pega um fogo, no reflexo
De tua espádua.

Je t'écoute / Vibrer dans le rien de l'œuvre / Qui peine de par le monde. / Je perçois le piétinement / D'appels / Dont le pacage est l'ampoule qui brûle. / Je prends la terre à poignées / Dans cet évasement aux parois lisses / Où il n'est pas de fond / Avant le jour. / Je t'écoute, je prends // Dans ton panier de corde / Toute la terre. Dehors, / C'est encore le temps de la douleur / Avant l'image. / Dans la main de dehors, fermée, / A commencé à germer / Le blé des choses du monde. //..........// Le nautonier / Qui touche de sa perche, méditante, / A ton épaule / Et toi, déjà celui que la nuit recouvre / Quand ta perche recherche mais vainement / Le fond du fleuve, // Lequel est, lequel se perdra, / Qui peut espérer, qui promettre? / Penché, vois poindre sur l'eau / Tout un visage // Comme prend un feu, au reflet / De ton épaule.

DUAS CORES

Bem adiante da estrela
No reflexo
Cavam duas mãos que, pra reter, só têm
Sua confiança.
Buscam duas mãos, rompidas,
Por mais que o ouro
E que nasça ainda a vida
De nada além de um sonho.

Ó feixes do reflexo
Malgrado a lama,
Limiar nesse atritar-se
Da água fechada,
Ramos, frutos que passam
A água emurada!
Sim, és esse país,
Tu que desperto
Como na água turvada, mesmo à noite,
O céu é outro.

Move-se na água agitada
A árvore de astros.

Toma, no hálito alentado,
A outra luz.

E então, potência nua,
Eu te recolho
Em minhas mãos juntadas
Para uma taça.
Deslizam através

DEUX COULEURS
Plus avant que l'étoile / Dans le reflet / Creusent deux mains qui n'ont, pour retenir, / Que leur confiance. / Cherchent deux mains, brisées, / Pour mieux que l'or / Et que naisse la vie / De rien qu'un rêve. // O gerbes du reflet / Malgré la boue, / Seuil dans le froissement / De l'eau fermée, / Branches et fruits qui passent / L'eau maçonnée! / Oui, tu es ce pays, / Toi que j'éveille / Comme dans l'eau qu'on trouble, même de nuit, / Le ciel est autre. // Bouge dans l'eau remuée / L'arbre d'étoiles. // Prend, dans le souffle accru, / L'autre lumière. // Et donc, puissance nue, / Je te recueille / Dans mes mains rapprochées / Pour une coupe. / S'écoulent au travers

Dos meus dedos os mundos,
Mas o que sobe em nós, minha água, adusta,
Quer uma vida.

Com os lábios te toco,
Minha amiga,
Tremo por abordar, criança, sono,
Nessa terra do Egito.
Folhagens, noites quentes,
Feras, rotas do céu,
Sopros, silenciosos, signos, infindados,
Ali estão a dormir.
— Bebe, dizes-me entanto,
No sentido que sonha.

Bebe, eu sou a água, adusta,
No ombro do fluxo,
Onde intumesce o seio,
Num reflexo de estrela.
Bebe, em reflexo.

Sobre mim ama, que agarrar não podes
Com uma boca sem fim,
A imóvel presença dessa estrela.

Tenho confiança, bebo,
A água escorre dos meus dedos,
Não, ela brilha.
Terras entreavistadas,
Relvas de antes do tempo, pedras maduradas,
Cores outras, jamais
Simples assim sonhadas,
Toco as vossas espigas, prenhes, recurvadas
Pelo fluxo da treva.

De mes doigts les mondes, / Mais ce qui monte en nous, mon eau, brûlée, / Veut une vie. // Je te touche des lèvres, / Mon amie, / Je tremble d'aborder, enfant, sommeil, / A cette Égypte. / Feuillages, nuits d'été, / Bêtes, routes du ciel, / Souffles, silencieux, signes, inachevés, / Sont là qui dorment. / — Bois, me dis-tu pourtant, / Au sens qui rêve. // Bois je suis l'eau, brûlée, / A l'épaule du flux, / Là où gonfle le sein, / Par un reflet d'étoile. / Bois, en reflet. // Aime sur moi, que tu ne peux saisir, / D'une bouche sans fin. / La présence immobile de l'étoile. // J'ai confiance, je bois, / L'eau glisse de mes doigts, / Non, elle brille. / Terres, entr'aperçues, / Herbes d'avant le temps, pierres mûries, / Couleurs autres, jamais / Rêvées si simples, / Je touche à vos épis, lourds, que courbe le flux / Dans la ténèbre.

E o nosso grito, súbito,
Desfaz o abraço,
Mas quando tu te expandes,
Alva, esse trigo fica.

....

Bem adiante da estrela
Que embranqueceu
Acha o cordeiro o pastor
Por entre as pedras.
Alva sobre a espuma, leitosa,
Das reses reunidas,

Paz ao termo da onda, desunida,
Dos pisoteamentos
Fez frio, algo da noite
Fica mesclado à terra.

Bem adiante da estrela
Naquilo que é
Banha-se simples a criança
Que leva o mundo.
Faz noite ainda, e ele
É de duas dores,
Azul tirante ao verde
Da copa das árvores
Qual fogo se faz claro
Em meio aos frutos

E o rubro dos pesados
Panos pintados
Sendo lavados pela egípcia, inacordada,
Na água do rio, à noite,

Et notre cri, soudain, / Défait l'étreinte, / Mais quand tu te répands, / Aube, ce blé demeure. //..........// Plus avant que l'étoile / Qui a blanchi / Trouve l'agneau le berger / Parmi les pierres. / Aube sur l'écume, laiteuse, / Des bêtes serrées, // Paix au bout du flot, désuni, / Des piétinements. / Il a fait froid, de la nuit / Reste mêlée à la terre. // Plus avant que l'étoile / Dans ce qui est / Se baigne simple l'enfant / Qui porte le monde. / Il fait nuit encore, mais lui / Est de deux couleurs, / Un bleu qui prend au vert / Du faîte des arbres / Comme un feu se fait clair / Parmi des fruits // Et le rouge des lourdes / Étoffes peintes / Que lavait l'Égyptienne, l'irréveillée, / De nuit, dans l'eau du fleuve,

Quando a vara bateu,
É acaso dia,
Entre o barro da imagem de olhos ermos,
Na palavra.

Quand la perche a heurté, / Est-ce le jour, / Dans la boue de l'image aux yeux déserts / A la parole.

DUAS BARCAS

Temporal que se atarda, o leito desfeito,
A janela que bate no calor
E o sangue em sua febre: a mão retomo
Próxima do seu sonho, o tornozelo
Ao seu anel de barca aprisionado
Rente ao embarcadouro, numa espuma,
Depois o olhar, e depois a boca à ausência
E todo o brusco acordar no estio noturno
Pra trazer a tormenta e terminá-la.
— Onde estiveres ao tomar-te eu, obscura,
Tendo crescido em nós do mar o ruído,
Aceita ser a indiferença, que eu abrace
A exemplo de Deus cego essa matéria
Ainda mais deserta em meio à noite.
Intensamente acolhe-me, porém discreta,
Faz que rosto eu não tenha, ou mesmo nome
Por que sendo o ladrão mais eu te dê
E o estrangeiro o exílio, em ti, em mim
Se faça a origem... — Oh, bem eu quisera,

No entanto, te esquecendo, estou contigo,
Descerras os meus dedos,
Formas com minhas palmas uma taça,
Bebo, junto à tua sede,
Depois deixo escorrer a água por nossos membros.
Água que nos faz ser, mesmo não sendo,
Água que pega na aridez dos corpos

DEUX BARQUES
L'orage qui s'attarde, le lit défait, / La fenêtre qui bat dans la chaleur / Et le sang dans sa fièvre: je reprends / Le main proche à son rêve, la cheville / A son anneau de barque retenue / Contre un appontement, dans une écume, / Puis le regard, puis la bouche à l'absence / Et tout le brusque éveil dans l'été nocturne / Pour y porter l'orage et le finir. / — Où que tu sois quand je te prends obscure, / S'étant accru en nous ce bruit de mer, / Accepte d'être l'indifférence, que j'étreigne / A l'exemple de Dieu l'aveugle la matière / La plus déserte encore dans la nuit. / Accueille-moi intensément mais distraitement, / Fais que je n'aie pas de visage, pas de nom / Pour qu'étant le voleur je te donne plus / Et l'étranger l'exil, en toi, en moi / Se fasse l'origine... — Oh, je veux bien, // Toutefois, t'oubliant, je suis avec toi, / Desserres-tu mes doigts, / Formes-tu de mes paumes une coupe, / Je bois, près de ta soif, / Puis laisse l'eau couler sur tous nos membres. / Eau qui fait que nous sommes, n'étant pas, / Eau qui prend au travers des corps arides

Para um esparso júbilo no enigma,
Pressentimento entanto! Tu te lembras,
Íamos pelos campos empedrados,
E súbito a cisterna, e as duas presenças
Em que outro país do verão deserto?
Olha como se inclinam eles como nós,
Será a nós que escutam, de quem falam
Sorrindo sob as folhas da primeira árvore
Na sua luz feliz, algo velada?
E não parece até que claridade
Outra, se move nesse acordo dos seus rostos
E, ridente, os confunde? Vê, a água se turva
Mas depuram-se as formas, consumidas.
Desses dois mundos, qual o verdadeiro, pouco
Importa. Inventa-me, redobra-me talvez
Nesses confins de fábula rasgada.

Eu escuto, eu consinto,
Depois afasto o braço que, dobrado,
Escondia-me a face luminosa.
Eu a toco na boca com meus lábios,
Em desordem, partida, todo um mar.
Como Deus esse sol levante estou curvado
Sobre a água onde floresce a nossa semelhança,
Murmuro: é isso mesmo que desejas,
Potência errante insatisfeita pelos mundos,
Recolher-te, uma vida, nesse vaso
De terra nua da nossa identidade?
E é verdade um instante é só silêncio,
Dir-se-ia que o tempo faz uma alta
Como a hesitar na escolha do caminho,
Lançando o olhar por cima dos ombros terrestres

Pour une joie éparse dans l'énigme, / Pressentiment pourtant! Te souviens-tu, / Nous allions par ces champs barrés de pierre, / Et soudain la citerne, et ces deux présences / Dans quel autre pays de l'été désert? / Regarde comme ils se penchent, eux comme nous, / Est-ce nous qu'ils écoutent, dont ils parlent, / Souriant sous les feuilles du premier arbre / Dans leur lumière heureuse un peu voilée? / Et ne dirait-on pas qu'une lueur / Autre, bouge dans cet accord de leurs visages / Et, riante, les mêle? Vois, l'eau se trouble / Mais les formes en sont plus pures, consumées. / Quel est le vrai de ces deux mondes, peu importe. / Invente-moi, redouble-moi peut-être / Sur ces confins de fable déchirée. // J'écoute, je consens, / Puis j'écarte le bras qui s'est replié, / Me dérobant la face lumineuse / Je la touche à la bouche avec mes lèvres, / En désordre, brisée, toute une mer. / Comme Dieu le soleil levant je suis voûté / Sur cette eau où fleurit notre ressemblance. / Je murmure: C'est donc ce que tu veux, / Puissance errante insatisfaite par les mondes, / Te ramasser, une vie, dans le vase / De terre nue de notre identité? / Et c'est vrai qu'un instant tout est silence, / On dirait que le temps va faire halte / Comme s'il hésitait sur le chemin, / Regardant par-dessus l'épaule terrestre

O que não podemos, não queremos ver.
O trovão já não rola no céu calmo,
Cessou a chuva forte em nosso teto,
A janela, antes batendo em nosso sonho,
Cala-se, curva em sua alma de ferro.
Escuto, já não sei que ruído, então levanto-me
E busco, ainda nas sombras, onde encontro
De ontem à noite o copo, quase cheio,
Pego-o: respira ainda ao nosso hálito,
Faço que o toques com tua sede escura,
E ao beber a água morna onde estiveram os teus
Lábios, é como se nos meus cessasse o tempo
E se abrissem meus olhos, para enfim o dia.

....

Dá-me tua mão sem volta, água incerta
Que eu hei desempedrado dia a dia
Dos sonhos que se atardam em meio à luz
E desse mau desejo do infinito.
Jamais venha a cessar o bem da fonte
No instante em que a fonte é reencontrada,
Não venham os distantes a apartar-se
Uma vez mais do próximo, ante a foice
Da água não mais estanque, mas sem gosto.

Dá-me a tua mão e vem preceder-me no verão mortal
Com esse ruído de luz transmudada,
Esvai-te me esvaindo dentro à luz.

As imagens, os mundos, impaciências,
Desejos sem saber muito bem que desatam.

Ce que nous ne pouvons ou ne voulons voir. / Le tonnerre ne roule plus dans le ciel calme, / L'ondée ne passe plus sur notre toit, / Le volet, qui heurtait à notre rêve, / Se tait courbé sur son âme de fer. / J'écoute, je ne sais quel bruit, puis je me lève / Et je cherche, dans l'ombre encore, où je retrouve / Ce verre d'hier soir, à demi plein. / Je le prends, qui respire à notre souffle, / Je te fais le toucher de ta soif obscure, / Et quand je bois l'eau tiède où furent tes lèvres, / C'est comme si le temps cessait sur les miennes / Et que mes yeux s'ouvraient, à enfin le jour. //..........// Donne-moi ta main sans retour, eau incertaine / Que j'ai désempierrée jour après jour / Des rêves qui s'attardent dans la lumière / Et du mauvais désir de l'infini. / Que le bien de la source ne cesse pas / A l'instant où la source est retrouvée, / Que les lointains ne se séparent pas / Une nouvelle fois du proche, sous la faux / De l'eau non plus tarie mais sans saveur. // Donne-moi ta main et précède-moi dans l'été mortel / Avec ce bruit de lumière changée, / Dissipe-toi me dissipant dans la lumière. // Les images, les mondes, les impatiences, / Les désirs qui ne savent pas bien qu'ils dénouent,

A beleza em mistério, seio obscuro,
De mãos franjadas de uma luz no entanto,
Os risos, os encontros em caminhos,

E os apelos, os dons, consentimentos,
Os pedidos sem fim, nascer, insano,
As alianças eternas e as ligeiras,
As promessas miraculosas não mantidas
Mas, tarde, o inesperado, de repente: a tudo
Recolha a rosa da água que passa
Escavando-se aqui, e que depois
No cubo imóvel dessa roda o incenda.

....

Paz, na água iluminada. Uma barca, diria,
Passa, plena de frutos; e uma vaga
De arrogância ou de imobilidade,
Nosso lugar levanta e essa vida
Como uma barca apenas outra, ainda amarrada.
Confia, e deixa-te pegar, espádua nua,

Pela onda que se alarga do verão sem fim,
Dorme, é pleno verão; e uma noite
por excesso de luz; e vai rasgar-se
A nossa eterna noite; vai curvar-se
Por sobre nós a sorridente egípcia.

Paz, na vaga que vai. Cintila o tempo.
Parece agora que parou a barca.
Não se ouve mais que se lançar, se desunir,
Contra o flanco deserto a água infinita.

La beauté mystérieuse au sein obscur, / Aux mains frangées pourtant d'une lumière, / Les rires, les rencontres sur des chemins, // Et les appels, les dons, les consentements, / Les demandes sans fin, naître, insensé, / Les alliances éternelles et les hâtives, / Les promesses miraculeuses non tenues / Mais, tard, l'inespéré, soudain: que tout cela / La rose de l'eau qui passe le recueille / En se creusant ici, puis l'illumine / Au moyeu immobile de la roue. // Paix, sur l'eau éclairée. On dirait qu'une barque / Passe, chargée de fruits; et qu'une vague / De suffisance, ou d'immobilité, / Soulève notre lieu et cette vie / Comme une barque à peine autre, liée encore. / Aie confiance, et laisse-toi prendre, épaule nue, // Par l'onde qui s'élargit de l'été sans fin, / Dors, c'est le plein été; et une nuit / Par excès de lumière; et va se déchirer / Notre éternelle nuit; va se pencher / Souriante sur nous l'Égyptienne. // Paix, sur le flot qui va. Le temps scintille. / On dirait que la barque s'est arrêtée. / On n'entend plus que se jeter, se désunir, / Contre le flanc désert l'eau infinie.

O fogo, os seus prazeres de seiva rasgada,
A chuva, um vento apenas talvez sobre as telhas.
Procuras o teu manto de outro ano.
Tomas das chaves, sais, brilha uma estrela.

Afasta-te
Nas vinhas, rumo ao monte de Vachères.
Na aurora
O céu será mais rápido.

Um círculo
Onde troa a indiferença.
Luz
No lugar de Deus.

Quase fogo, estás vendo,
Na gamela da água da chuva noturna.

....

Entretanto, no sonho,
Nesse outro fogo escuro que reacendera,
Caminhava uma serva e sua lâmpada
Bem adiante de nós. A luz era vermelha
E serpeava
Nas dobras do vestido contra a perna
Até a neve.

Estrelas esparzidas.
O céu, leito desfeito, um nascimento.

Le feu, ses joies de sève déchirée. / La pluie, ou rien qu'un vent peut-être sur les tuiles. / Tu cherches ton manteau de l'autre année. / Tu prends les clefs, tu sors, une étoile brille. // Éloigne-toi / Dans les vignes, vers la montagne de Vachères. / A l'aube / Le ciel sera plus rapide. // Un cercle / Où tonne l'indifférence. / De la lumière / A la place de Dieu. // Presque du feu, vois-tu, / Dans le baquet de l'eau de la pluie nocturne. //..........// Dans le rêve, pourtant, / Dans l'autre feu obscur qui avait repris, / Une servante allait avec une lampe / Loin devant nous. La lumière était rouge / Et ruisselait / Dans les plis de la robe contre la jambe / Jusqu'à la neige. // Étoiles, répandues. / Le ciel, un lit défait, une naissance.

E a amendoeira, espessa
Após dois anos: a onda
Num braço mais escuro, do mesmo rio.

....

A amendoeira em flor,
Minha noite sem fim,
Confia, apoia-te criança
Nesse corisco.

Ramo daqui, de ausência ardido, bosque
De tuas flores de instante em céu que muda.

....

Eu fui sair
Em um outro universo. Era
Antes do dia.
Eu lancei sal por sobre a neve.

Et l'amandier, grossi / Après deux ans: le flot / Dans un bras plus obscur, du même fleuve. //..........// O amandier en fleurs, / Ma nuit sans fin, / Aie confiance, appuie-toi enfant / A cette foudre. // Branche d'ici, brûlée d'absence, bois / De tes fleurs d'un instant au ciel qui change. //..........// Je suis sorti / Dans un autre univers. C'était / Avant le jour. / J'ai jeté du sel sur la neige.

A TERRA

Eu grito, Olha,
A luz
Vivia junto a nós! Aqui, sua reserva
De água, ainda transfigurada. Aqui a lenha
No telheiro. Aqui, as poucas frutas
A secar sob as vibrações do céu da aurora.

Nada mudou,
São os mesmos lugares, mesmas coisas,
Quase as mesmas palavras,
Mas, vê, em ti, em mim
O indiviso, o invisível se reúnem.

E ela! Não é acaso
Ela que está sorrindo ("Eu a luz,
Sim, eu consinto") na certeza do limiar,
Debruçada, a guiar os passos
De algo assim como um sol criança em água escura.

....

Eu grito, Olha,
A amendoeira
Cobre-se bruscamente de mil flores.
Aqui
A nodosa, a para sempre terrestre, a lacerada
Entra no porto. Eu, a noite
Consinto. Eu a amendoeira
Entro enfeitada no quarto nupcial.

LA TERRE
Je crie, Regarde, / La lumière / Vivait là, près de nous! Ici, sa provision / D'eau, encore transfigurée. Ici le bois / Dans la remise. Ici, les quelques fruits / A sécher dans les vibrations du ciel de l'aube. // Rien n'a changé, / Ce sont les mêmes lieux et les mêmes choses, / Presque les mêmes mots, / Mais, vois, en toi, en moi / L'indivis, l'invisible se rassemblent. // Et elle! n'est-ce pas / Elle qui sourit là ("Moi la lumière, / Oui, je consens") dans la certitude du seuil, / Penchée, guidant les pas / D'on dirait un soleil enfant sur une eau obscure. //..........// Je crie, Regarde. / L'amandier / Se couvre brusquement de milliers de fleurs. / Ici / Le noueux, l'à jamais terrestre, le déchiré / Entre au port. Moi la nuit / Je consens. Moi l'amandier / J'entre paré dans la chambre nuptiale.

E, olha, mãos
De mais alto no céu
Tomam
Como passa uma chuva, em cada flor,
A parte imperecível do que é vida.

Elas dividem a amêndoa
Com paz. Elas apalpam, retiram o germe.

Elas a levam, granada já
De outros mundos,
No para sempre dessa flor efêmera.

....

Ó chama
Que a consumir celebras,

Cinza
Que a dispersar recolhes.

Chama, sim, que apagas
Da mesa sacrificial do estio
A febre, os sobressaltos
Da mão crispada.
Chama, para que a pedra do céu claro
Fique lavada desta sombra, e seja
Um deus criança que brinque
Na acritude da seiva.
Sobre ti me debruço, colho, de joelhos,
Chama que vais,
A impaciência, o ardor, o luto, a solidão
Em tua fumaça
Sobre ti me debruço, aurora, e pego
Nas minhas mãos a tua face. Tempo lindo

Et, vois, des mains / De plus haut dans le ciel / Prennent / Comme passe une ondée, dans chaque fleur, / La part impérissable de la vie. // Elles divisent l'amande / Avec paix. Elles touchent, elles prélèvent le germe. // Elles l'emportent, grainée déjà / D'autres mondes, / Dans l'à jamais de la fleur éphémère. //..........// O flamme / Qui consumant célèbres, // Cendre / Qui dispersant recueilles. // Flamme, oui, qui effaces / De la table sacrificielle de l'été / La fièvre, les sursauts / De la main crispée. / Flamme, pour que la pierre du ciel clair / Soit lavée de notre ombre, et que ce soit / Un dieu enfant qui joue / Dans l'âcreté de la sève. / Je me penche sur toi, je rassemble, à genoux, / Flamme qui vas, / L'impatience, l'ardeur, le deuil, la solitude / Dans ta fumée. / Je me penche sur toi, aube, je prends / Dans mes mains ton visage. Qu'il fait beau

Faz na cama deserta! Eu sacrifico
E és a ressurreição do que eu queimo.

Chama
Nosso quarto de outro ano, misterioso
Como uma proa de barca que passa.

Chama, esse vidro
Na mesa da cozinha abandonada,
Em V.
Entre os escombros.
Chama, de sala em sala,
O estuque,
Toda uma indiferença, iluminada.

Chama essa lâmpada
Onde faltava Deus
Acima do portal daquele estábulo.
Chama
A vinha do relâmpago, distante,
No pisoteamento dos bichos que sonham.
Chama essa pedra
Onde a faca do sonho lidou tanto.

Chama,
Na paz da chama,
O cordeiro a imolar mantido a salvo.

....

E, tarde, eu grito
Palavras que o fogo aceita.

Eu grito, Olha,
Aqui depôs um sal desconhecido.

Sur notre lit désert! Je sacrifie / Et tu es la résurrection de ce que je brûle. // Flamme / Notre chambre de l'autre année, mystérieuse / Comme la proue d'une barque qui passe. // Flamme le verre / Sur la table de la cuisine abandonnée, / A V. / Dans les gravats. / Flamme, de salle en salle, / Le plâtre, / Toute une indifférence, illuminée. // Flamme l'ampoule / Où manquait Dieu / Au-dessus de la porte de l'étable. / Flamme / La vigne de l'éclair, là-bas, / Dans le piétinement des bêtes qui rêvent. / Flamme la pierre / Où le couteau du rêve a tant œuvré. // Flamme, / Dans la paix de la flamme, / L'agneau du sacrifice gardé sauf // Et, tard, je crie / Des mots que le feu accepte. // Je crie, Regarde, / Ici a déposé un sel inconnu.

Eu grito, Olha,
Tua consciência não fica em ti,
O montante do teu olhar
Não fica em ti,
O teu sofrer não fica em ti, tua alegria ainda menos.

Eu grito, Escuta,
Uma música cessou.
Por toda parte, no que é,
Ergue-se o vento e desata.
Hoje a distância entre as malhas
Existe mais do que as malhas,
Lançamos uma rede que não segura.
Terminar, ordenar,
Não o sabemos mais.
Entre o olho arregalado e o Termo mais veraz
Rasga-se a catarata do findável.
Ó rasuras, ferrugens
Onde a marca da água, a do sentido
Reabsorvendo-se ilimitam-se,
Deus, nua escarpa
Onde a erosão, o entalhe
Têm mesmo aspecto ermo no flanco do mundo,
Como é já tarde !
Vê-se um deus a empurrar alguma coisa como
Uma barca rumo a uma praia, e tudo muda.
Desabamentos na estrada dos homens,
Pisoteamentos, clamores no céu baixo.
Aqui o além aperta
A mão obreira

— Mas quando ela desvia no traço escuro,
É como a aurora.

Je crie, Regarde, / Ta conscience n'est pas en toi, / L'amont de ton regard / N'est pas en toi, / Ta souffrance n'est pas en toi, ta joie moins encore. // Je crie, Écoute, / Une musique a cessé. / Partout, dans ce qui est, / Le vent se lève et dénoue. / Aujourd'hui la distance entre les mailles / Existe plus que les mailles, / Nous jetons un filet qui ne retient pas. / Achever, ordonner, / Nous ne le savons plus. / Entre l'œil qui s'accroît et le mot plus vrai / Se déchire la taie de l'achevable. / O ratures, ô rouilles / Où la trace de l'eau, celle du sens / Se résorbant s'illimitent, / Dieu, paroi nue / Où l'érosion, l'entaille / Ont même aspect désert au flanc du monde. / Comme il est tard! / On voit un dieu pousser quelque chose comme / Une barque vers un rivage mais tout change. / Effondrements sur la route des hommes, / Piétinements, clameurs au bas du ciel. / Ici l'ailleurs étreint / La main œuvrante // — Mais quand elle dévie dans le trait obscur, / C'est comme une aube.

Olha,
Aqui na landa do sentido,
A poucos metros do solo,
É como se pegasse fogo o fogo,
E o segundo braseiro, desapossamento,
Como se ele também pegasse fogo, no alto
Do pano do que é, que vento enfuna.
Olha,
Desselou-se o quarto muro,
Entre ele e o pilar do lado norte
Há espaço para a urze
E os bichos arredios de cada noite.
O quarto muro e o primeiro
Derivaram na corrente,
O selo da presença espedaçou-se
Sob o impulso rochoso.
Entro pois pela brecha do grito ligeiro.
Serão dois contendores desistentes,
Dois amantes que caem insaciados?
Não, a luz está jogando com a luz
E o signo é a vida
Na árvore da transparência do que é.

Eu grito, Olha,
O signo tornou-se o lugar.
Sob o pórtico de raio

Fendido
Nós somos e não somos.
Entra comigo, obscura,
Aceita pela brecha do grito de fome.

E um para o outro sejamos como a chama
Quando da tocha se destaca,

Regarde, / Ici, sur la lande du sens, / A quelques mètres du sol, / C'est comme si le feu avait pris feu, / Et ce second brasier, dépossession, / Comme s'il prenait feu encore, dans les hauts / De l'étoffe de ce qui est, que le vent gonfle. / Regarde, / Le quatrième mur s'est descellé, / Entre lui et la pile du côté nord / Il y a place pour la ronce / Et les bêtes furtives de chaque nuit. / Le quatrième mur et le premier / Ont dérivé sur la chaîne, / Le sceau de la présence a éclaté / Sous la poussée rocheuse. / J'entre donc par la brèche au cri rapide. / Est-ce deux combattants qui ont lâché prise, / Deux amants qui retombent inapaisés? / Non, la lumière joue avec la lumière / Et le signe est la vie / Dans l'arbre de la transparence de ce qui est. // Je crie, Regarde, / Le signe est devenu le lieu. / Sous le porche de foudre // Fendu / Nous sommes et ne sommes pas. / Entre avec moi, obscure, / Accepte par la brèche au cri de faim. // Et soyons l'un pour l'aure comme la flamme / Quand elle se détache du flambeau,

A frase de fumaça um instante legível
Antes de se apagar no ar soberano.

....

Sim, coisas todas simples
Recolocadas
Aqui e ali, em cada
Pilar de fogo.

Viver sem sua origem,
Sim, neste instante,
Passar, a mão crivada
De luzes vãs.

E toda ligação
Uma fumaça,
Mas claro a vibrar, como
Bronze que soa.

....

Encontremo-nos lá
Tão no alto que a luz como que verte
Da taça da hora e do grito mesclados,
Um fluir claro, onde apenas resta
A abundância como tal, designada.
Encontremo-nos, vamos
Tomar, mancheias, nossa pura presença nua
No leito da manhã e no leito da noite,
Lá onde o tempo escava o seu carreiro,
Lá onde a água preciosa se evapora,
Vamos um rumo ao outro como enfim
Cada um todos os bichos e as coisas,
Toda senda deserta, toda pedra,

La phrase de fumée un instant lisible / Avant de s'effacer dans l'air souverain. //..........// Oui, toutes choses simples / Rétablies / Ici et là, sur leurs / Piliers de feu. // Vivre sans origine, / Oui, maintenant, / Passer, la main criblée / De lueurs vides. // Et tout attachement / Une fumée, / Mais vibrant clair, comme un / Airain qui sonne. //..........// Retrouvons-nous / Si haut que la lumière comme déborde / De la coupe de l'heure et du cri mêlés, / Un ruissellement clair, où rien ne reste / Que l'abondance comme telle, désignée. / Retrouvons-nous, prenons / A poignées notre pure présence nue / Sur le lit du matin et le lit du soir, / Partout où le temps creuse son ornière, / Partout où l'eau précieuse s'évapore, / Portons-nous l'un vers l'autre comme enfin / Chacun toutes les bêtes et les choses, / Tous les chemins déserts, toutes les pierres,

Toda água a fluir, todo metal.
Olha,
Aqui floresce o nada; e suas corolas,
Cores de aurora e de crepúsculo, seus dons
De beleza secreta no lugar terrestre
E o verde escuro, e o vento na galhada,
É o ouro dentro em nós: ouro imaterial,
Ouro de não durar, de não possuir,
Ouro de consentir, única chama
No flanco transmudado do alambique.

E tanto vale o dia a terminar,
Tão preciosa a qualidade dessa luz,
Tão simples o cristal amarelado

Dessas árvores, dessas trilhas entre as fontes,
E tão gratificantes uma para a outra
Nossas vozes, sedentas de encontrar-se
E errantes lado a lado, longo tempo
Interrompidas, obscuras,

Que podes chamar Deus esse vaso vazio,
Deus que não é, mas que redime o dom,
Deus sem olhar, mas cujas mãos reatam,
Deus nuvem, Deus criança e por nascer ainda,
Deus nave para a antiga dor compreendida,
Deus cúpula para o astro inseguro do sal
Na evaporação que é a única
Inteligência aqui que saiba e prove.

....

Tous les ruissellements, tous les métaux. / Regarde, / Ici fleurit le rien; et ses corolles, / Ses couleurs d'aube et de crépuscule, ses apports / De beauté mystérieuse au lieu terrestre / Et son vert sombre aussi, et le vent dans ses branches, / C'est l'or qui est en nous: or sans matière, / Or de ne pas durer, de ne pas avoir, / Or d'avoir consenti, unique flamme / Au flanc transfiguré de l'alambic. // Et tant vaut la journée qui va finir, / Si précieuse la qualité de cette lumière, / Si simple le cristal un peu jauni // De ces arbres, de ces chemins parmi des sources, / Et si satisfaisantes l'une pour l'autre / Nos voix, qui eurent soif de se trouver / Et ont erré côte à côte, longtemps / Interrompues, obscures, // Que tu peux nommer Dieu ce vase vide, / Dieu qui n'est pas, mais qui sauve le don, / Dieu sans regard mais dont les mains renouent, / Dieu nuée, Dieu enfant et à naître encore, / Dieu vaisseau pour l'antique douleur comprise, / Dieu voûte pour l'étoile incertaine du sel / Dans l'évaporation qui est la seule / Intelligence ici qui sache et prouve. //..........//

E nossas mãos a se buscar
Sejam a pedra nua
E a alegria partilhada
A braçada de plantas

Pois ainda que tu, que eu
Gritando só sejamos
Anel de ferro claro
Que um vento espalha

Tanto assim que no céu
Não se saberá logo
Se de fato houve o grito
Que fez nascer,

Contudo, se encontrando,
As nossas mãos consentem
Outras eternidades
Ao desejo ainda.

....

E nossa terra seja
O interminável
Brilho da foice
Que pega a espuma

E não porque é verdade
Seu raio único,
Ainda que o vácuo, claro,
Seja-nos leito

E que tu junto a mim,
Simples, aí sejamos
Só fumaça abatida
Do sacrifício,

Et nos mains se cherchant / Soient la pierre nue / Et la joie partagée / La brassée d'herbes // Car bien que toi, que moi / Criant ne sommes / Qu'un anneau de feu clair / Qu'un vent disperse // Si bien qu'on ne saura / Tôt dans le ciel / Si même eut lieu ce cri / Qui a fait naître, // Toutefois, se trouvant, / Nos mains consentent / D'autres éternités / Au désir encore. //..........// Et notre terre soit / L'inachevable / Lumière de la faux / Qui prend l'écume // Et non parce qu'est vraie / Sa seule foudre, / Bien que le vide, clair, / Soit notre couche // Et que toi près de moi, / Simples, n'y sommes / Que fumée rabattue / Du sacrifice,

Mas pela sua queda
A nos unir,
Trigo da transparência,
No desejo ainda.

....

Eternidade do grito
Da criança que parece
Nascer da dor
Que se faz luz.

A eternidade desce
Na terra nua
E levanta o sentido
Como uma pá.

....

E vê, a criança
Está ali, na amendoeira,
De pé
Tal como várias naves a chegar em sonho.

Ela sobe
Por entre lua e sol. Tenta inclinar para nós
Entre a fumaça
Seu fogo, rindo,
Onde o anjo e a serpente têm a mesma face
Ela oferece
O tufo de palavras, que floriu,
Pela segunda vez fruto da árvore.

E já o pedreiro
Se inclina para o fundo dessa luz.
Sua pá pega-lhe os entulhos
Para o acúmulo impossível.

Mais pour sa retombée / Qui nous unit, / Blé de la transparence, / Au désir encore. //..........// Éternité du cri / De l'enfant qui semble / Naître de la douleur / Qui se fait lumière // L'éternité descend / Dans la terre nue / Et soulève le sens / Comme une bêche. //..........// Et vois, l'enfant / Est là, dans l'amandier, / Debout / Comme plusieurs vaisseaux arrivant en rêve. // Il monte / Entre lune et soleil. Il essaie de pencher vers nous / Dans la fumée / Son feu, riant, / Où l'ange et le serpent ont même visage. / Il offre / Dans la touffe des mots, qui a fleuri, / Une seconde fois du fruit de l'arbre. // Et déjà le maçon / Se penche vers le fond de la lumière. / Sa bêche en prend les gravats / Pour le comblement impossible.

E raspa
Com sua pá fosforescente
Esse outro céu, escava
Com seu ferro anterior ao nosso sonho
Sob as urzes,
No patamar do fogo e do incriado.
E arranca
O tufo branco do fogo
Ao batimento do incriado em meio às pedras.

E se cala.
O meio-dia de suas poucas palavras ainda está longe
Dentro da luz.

Mas, tarde,
O desbotado rubro do céu
Lhe bastará, pra a eternidade do retorno
Nas pedras, aumentadas
Pela atração dos picos ainda claros.

....

Não sendo mais do que o poder do nada,
A boca, a saliva do nada,
Eu grito,

E acima do vale de ti, de mim
Fica o grito de júbilo em sua forma pura.

....

Sim, eu as pedras da noite, iluminadas,
Eu consinto.

Sim, eu a poça
Mais vasta do que o céu, a criança

Il racle / De sa bêche phosphorescente / Cet autre ciel, il fouille / De son fer antérieur à notre rêve / Sous les ronces, / A l'étage du feu et de l'incréé / Il arrache / La touffe blanche du feu / Au battement de l'incréé parmi les pierres. // Il se tait. / Le midi de ses quelques mots est encore loin / Dans la lumière. // Mais, tard, / Le rouge déteint du ciel / Lui suffira, pour l'éternité du retour / Dans les pierres, grossies / Par l'attraction des cimes encore claires. //..........// N'étant que la puissance du rien, / La bouche, la salive du rien, / Je crie, // Et au-dessus de la vallée de toi, de moi / Demeure le cri de joie dans sa forme pure. //..........// Oui, moi les pierres du soir, illuminées, / Je consens. // Oui, moi la flaque / Plus vaste que le ciel, l'enfant

Que lhe remexe a lama, o íris
De reflexos sem repouso, sem lembrança,
Da água, sim, eu consinto.

E eu o fogo, eu
A pupila do fogo, na fumaça
Das plantas e dos séculos, consinto.

Eu a nuvem
Eu consinto. Eu a estrela da tarde
Eu consinto.
Eu os cachos de mundos já maduros,
Eu a partida
Dos pedreiros tardios rumo às vilas
Eu o ruído do furgão a se perder,
Consinto. Eu o pastor,
Levo o cansaço e a esperança
Sob o arco da estrela para o estábulo.
Eu a noite de agosto,
Faço a cama dos animais no estábulo.
Eu o sono,
Eu pego o sonho em minhas barcas, eu consinto.

E eu, a voz
Que tanto desejou. Eu o malho
Que bateu, golpes surdos,
No céu, na terra negra. Eu o barqueiro,
Eu a barca de tudo através tudo,
Eu o sol,
Paro nas pedras, píncaro do mundo.

Palavra
Descrucificada. Cânhamo da aparência
Que enfim desfibra.

Qui en remue la boue, l'iris / Aux reflets sans repos, sans souvenirs, / De l'eau, moi, je consens. // Et moi le feu, moi / La pupille du feu, dans la fumée / Des herbes et des siècles, je consens. // Moi la nuée / Je consens. Moi l'étoile du soir / Je consens. / Moi les grappes de mondes qui ont mûri, / Moi le départ / Des maçons attardés vers les villages, / Moi le bruit de la fourgonnette qui se perd, / Je consens. Moi le berger, / Je pousse la fatigue et l'espérance / Sous l'arche de l'étoile vers l'étable. / Moi la nuit d'août, / Je fais le lit des bêtes dans l'étable. / Moi le sommeil, / Je prends le rêve dans mes barques, je consens. // Et moi, la voix / Qui a tant désiré. Moi le maillet / Qui heurta, à coups sourds, / Le ciel, la terre noire. Moi le passeur, / Moi la barque de tout à travers tout, / Moi le soleil, / Je m'arrête au faîte du monde dans les pierres. // Parole / Décrucifiée. Chanvre de l'apparence / Enfin rouie.

Paciência
Que quis, e soube.
Coroa
Com direito a queimar.

Vara
De quimeras, de paz,
Que encontra
E toca docemente, no fluxo que vai,

Num ombro.

Patience / Qui a voulu, et su. / Couronne / Qui a droit de brûler. // Perche / De chimères, de paix, / Qui trouve / Et touche doucement, dans le flux qui va, // A une épaule.

AS NUVENS

Duas vezes silente a tardezinha
Por obra do verão deserto, e de uma chama
Que transborda, quem sabe se do vaso
Ou de mais alto ainda lá no céu.

Adormecemos pois: eu não sei quantos
Verões dentro da luz; também não sei
Em que espaços se abrem nossos olhos.
Escuto, nada vibra, nada acaba.

Apenas o desejo modelando a imagem
Dá voltas meditando, no seu eixo simples,
A argila de acordar em sonho, imerso em sombra.

No entanto o sol cicia na vidraça
E, alma envolta em seus vermelhos élitros,
Ele desce, e com paz, rumo à terra dos mortos.

....

Acima de mim só, quando eu traçava,
Tempo de guerra, o signo de esperança,
Uma ideia rondava negra e o vento
Em grandes luzes dispersava a frase vã.

Acima de nós dois, que desejamos
O laço, o desligar-se, uma energia
Se acumulou entre dois altos flancos

LES NUÉES
Deux fois silencieuse l'après-midi / Par vertu de l'été désert, et d'une flamme / Qui déborde, on ne sait si de ce vase / Ou de plus haut encore dans le ciel. // Nous avons donc dormi: je ne sais combien / D'étés dans la lumière; et je ne sais / Non plus dans quels espaces nos yeux s'ouvrent. / J'écoute, rien ne vibre, rien ne finit. // A peine le désir façonnant l'image / Tourne-t-il méditant, sur son axe simple, / L'argile d'un éveil en rêve, trempée d'ombre. // Toutefois le soleil bourdonne sur la vitre / Et, l'âme enveloppée de ses rouges élytres, / Il descend, mais en paix, vers la terre des morts. //..........// Au-dessus de moi seul, quand je traçais / Le signe d'espérance en temps de guerre, / Une nuée rôdait noire et le vent / Dispersait à grandes lueurs la phrase vaine. // Au-dessus de nous deux, qui avons voulu / Le nœud, le déliement, une énergie / S'accumula entre deux hauts flancs sombres

Sombrios, e houve, enfim,
Como um transporte em júbilo na luz.

Outros países, montes aclarados
Do céu, lagos além, invisitados, novas
Praias, – apaziguar de deuses genitores,
O raio terá sido a sua própria causa

E acima da criança em seus folguedos
O anel das nuvens, esse fogo claro
Que esta noite parece tardar, como prova.

....

Nuvens, realmente,
Uma à outra, navios à chegada
Num convívio de música. Às vezes, me parece
Metamorfosear-se a necessidade

Como no fim do *Conto de Inverno*
Quando uns aos outros reconhecem, quando
Se sabe que na luz, nível a nível,
Os que haviam lançado a empáfia, a dúvida
De região em região em fala obscura
Se reencontram, se sabem. Palavra nesse instante
Seu silêncio; e silêncio as poucas falas
De dor ou de alegria não se sabe
"Ainda que, certo, o extremo de uma ou outra"
Parece, diz ainda testemunha
Que a meditar se afasta,
Ouvirem a notícia
De um mundo redimido ou de um mundo morto.

El il y eut, enfin, / Comme un tressaillement dans la lumière // Autres pays, montagnes éclairées / Du ciel, lacs au-delà, inapprochés, nouvelles / Rives, — apaisement des dieux progéniteurs, / L'éclair aura été sa propre cause // Et au-dessus de l'enfant à ses jeux / L'anneau de ces nuages, le feu clair / Qui semble s'attarder ce soir, comme une preuve. //..........// Nuages, oui, / L'un à l'autre, navires à l'arrivée / Dans un rapport de musique. Il me semble, parfois, / Que la nécessité se métamorphose // Comme à la fin du *Conte d'hiver* / Quand chacun reconnaît chacun, quand on apprend / De niveau en niveau dans la lumière / Que ceux qu'avaient jetés l'orgueil, le doute / De contrées en contrées dans le dire obscur / Se retrouvent, se savent. Parole en cet instant / Leur silence; et silence leurs quelques mots / On ne sait si de joie ou de douleur / "Bien qu'à coup sûr l'extrême de l'une ou l'autre". / Il semblent, dit encore / Un témoin, méditant, et qui s'éloigne, / Entendre la nouvelle / D'un monde rédimé ou d'un monde mort.

Nuvens,
E as púrpuras ao longe, duas, pai e filha,
E aquela outra mais próxima, uma estátua
De mulher, mãe da beleza, mãe do sentido,
Vê-se no entanto que, imóvel longamente,
Sufocada em sua voz, século a século,
Denegada, animada
Pela magia da escultura apenas,
Retoma vida, vai falar. Raio nos olhos
A se abrirem no abismo da safra clara,
Mas raio sorridente como se,
Condenada a seguir do sonho o fluxo estéril,
Mas descobrindo ouro na areia virgem
Houvera meditado e consentido.
O homem aliás se chega, o rosto seu
Rasgado se acalmando de tanta alegria.

Ele sobe os degraus da hora que rola
Em lufadas: pois o céu muda, a noite vem,
E vacila onde ela o espera, noite estrelada
Que, música, se chanfra. Ele se ergue,
Dá a face ao universo. Os seus traços cintilam
Dessa fosforescência do absoluto,
E para todos e nós retoma o dia, como a veia
Volta a encher-se de sangue, — copa de árvores
Fendida pelo raio, rios, castelos
Em paz da outra margem. Terra, sim,
Sobre colunas de torcidas nuvens.

E que importa se o homem, mudando o céu,
Vacila uma segunda vez, diz à mulher
Já meio transportada, nuvem negra,

Nuages, / Et ces deux pourpres là-bas un père, une fille, / Et cet autre plus proche, la statue / D'une femme, mère de la beauté, mère du sens, / Dont on voit bien qu'immobile longtemps, / Étouffée dans sa voix de siècle en siècle, / Déniée, animée / Par rien que la magie de la sculpture, / Elle prend vie, elle va parler. Foudre ses yeux / Qui s'ouvrent dans le gouffre du safre clair. / Mais foudre souriante comme si, / Condamnée à suivre le rêve au flux stérile / Mais découvrant de l'or dans le sable vierge, / Elle avait médité et consenti. / L'homme d'ailleurs s'pproche, son visage / Déchiré s'apaisant de tant de joie. // Il gravit les degrés de l'heure qui roule / En rafales, car le ciel change, la nuit vient, / Et vacille où elle l'attend, nuit étoilée / Qui s'ébrase, musique. Il se redresse, / Il se tourne vers l'univers. Ses traits scintillent / De la phosphorescence de l'absolu, / Et le jour reprend pour eux tous et nous, comme une veine / Se regonfle de sang, — cime des arbres / Crevassée par l'éclair, fleuves, châteaux / En paix de l'autre rive. Oui, une terre / Sur ses colonnes torses de nuée. // Et qu'importe si l'homme, le ciel tournant, / Vacille une seconde fois, dit à la femme / A demi emportée déjà, nuage noir,

Umas palavras que não se ouvem, depois vira,
Afasta-se ao seu lado que se esvai
E para ela se inclina
E esconde o rosto em pranto nas mãos puras

Pois que para o Ocidente, ainda claro,
Um navio, fundo chato, cuja proa figura
Um fogo, uma fumaça, apareceu,
Livro reaberto, nuvem rubra, ao topo
Da vaga a inflar-se. Ele vem,
Ele vira, bem lento, não se veem
Seus tombadilhos, mastros, não se ouvem
Os gritos da equipagem, não se pode

Saber das esperanças, quimeras daqueles
Que se empurram à frente, olhos imensos,
Nem qual outro horizonte eles avistam,
Nem qual praia talvez, tampouco não se sabe
De que cidade a arder houveram de fugir,
De que Troia infindável; mas se sente
Bater naquele braço nu todo o ardor
Do verão, nossa angústia... Tem confiança, pode
O sentido crescer nas tuas palavras,
Terra salva, como no cacho a transparência
Do verão, o que envelhece. Falas, cantas, criança,
E logo sonho que a parreira toda
Terrestre se ilumina; e que esse peso
Das estrelas cerradas ao frio, das pedras
Tão densas como línguas não reveladas,
E dos cimos que ainda a nossa noite toma,
Dos gritos de aflição, ainda assim de alegria,
Das vidas que no enigma se separam,

Quelques mots que l'on n'entend pas puis se détourne, / S'éloigne à ses côtés qui se dissipent / Et se penche vers elle / Et cache son visage en pleurs dans ses mains pures // Puisque vers l'Occident, encore clair, / Un navire à fond plat, dont la proue figure / Un feu, une fumée, est apparu, / Livre rouvert, nuage rouge, au faîte / De la houle qui s'enfle. Il vient, / Il vire, lentement, on ne voit pas / Ses ponts, ses mâts, on n'entend pas les cris / De l'équipage, on ne devine pas // Les chimères, les espérances de ceux qui / Là-haut se pressent à l'avant, les yeux immenses, / Ni quel autre horizon ils aperçoivent, / Quelle rive peut-être, on ne sait non plus / De quelle ville incendiée ils ont dû fuir, / De quelle Troie inachevable; mais on sent / Battre dans ce bras nu toute l'ardeur / De l'été, noire angoisse... Aie foi, le sens / Peut croître dans tes mots, terre sauvée, / Comme la transparence dans la grappe / De l'été, celui qui vieillit. Parles-tu, chantes-tu, enfant, / Et je rêve aussitôt que toute la treille / Terrestre s'illumine; et que ce poids / Des étoiles serrés à du froid, des pierres / Denses comme des langues non révélées, / Et des cimes que prend notre nuit encore, / Des cris de désespoir mais des cris de joie, / Des vies qui se séparent dans l'énigme,

Dos erros, desmoronamentos, solidões,
Mas das alvas também, dos pressentimentos,
Das águas que desatam longe, dos reencontros,
Das crianças brincando nas proas que passam,
Dos fogos pelas casas abertas, dos apelos
À noite, com a paz de porta em porta,
Sim, que o veraz, o lugar já, o quase bem,
Matura, que era apenas cacho verde.

Tudo não é tão coerente, pronto,
Ainda que, certo, sob o selo? O sol da aurora
E o sol da tarde, o iluminado,

Conduzem bem, bois cegos, a charrua
Do ouro universal inacabado,
E em sua fronte soa essa cadeia de astros
Indiferentes, é verdade; mas avançam
Como evapora uma água, um sal decanta
E não és tu, mãe cujos olhos brilham,
Terra, que os conduzes,
A roupa rubra rota, não, só entreaberta
Sob o arco da estrela primeira nascida?

Mas sempre e bem distinta também vejo
A mancha preta na imagem, ouço o grito
Que a música trespassa, eu sei em mim
Do sentido a miséria. Não, não é
Às transfigurações que pode pretender
Nosso lugar, em sua dor. Digo a esperança,
Sua alegria, fogo até de cacho imenso,
Quando o raio da noite na vidraça bate,
Quando as coisas se unem no relâmpago

Des erreurs, des effondrements, des solitudes / Mais des aubes aussi, des pressentiments, / Des eaux qui se dénouent au loin, des retrouvailles, / Des enfants qui jouent clair à des proues qui passent, / Des feux dans les maisons ouvertes, des appels / Le soir, de porte en porte dans la paix, / Oui, que ce vrai, ce lieu déjà, presque le bien, / Mûrit, que ce n'était que la grappe verte. // Tout n'est-il pas si cohérent, si prêt / Bien que, certes, scellé? Le soleil de l'aube / Et le soleil du soir, l'illuminé, // Mènent bien, bœufs aveugles, la charrue / De l'or universel inachevé, / Et sonne sur leur front cette chaîne d'astres / Indifférents, c'est vrai: mais eux avancent / Comme une eau s'évapore, un sel dépose / Et n'est-ce toi là-bas, mère dont les yeux brillent, / Terre, qui les conduis, / La robe rouge déchirée, non, entrouverte / Sous l'arche de l'étoile première née? // Mais toujours et distinctement je vois aussi / La tache noire dans l'image, j'entends le cri / Qui perce la musique, je sais en moi / La misère du sens. Non, ce n'est pas / Aux transfigurations que peut prétendre / Notre lieu, en son mal. Je dis l'espoir, / Sa joie, son feu même de grappe immense, quand / L'éclair de chaque nuit frappe à la vitre, quand / Les choses se rassemblent dans l'éclair

Tal no lugar de origem, e os caminhos
Nos jardins do relâmpago luzissem, nele
Fosse a beleza a passo errante... Digo o sonho,
Mas por repouso só de palavras feridas.

E sei até dizer; e sou tentado
De às vezes vos dizer, signos febris,
Gritantes, as salas pintadas,
Os pátios interiores ensombrados,
A empáfia do verão nas lajes frescas

O murmúrio da água como ausente, o seio
Que se assemelha à água, una, infinita,
Prenhe de argila rubra. De vos dar
O anel dos céus de palmas, mas também
Este, pesado, desse tornozelo que
Mão de torpor e indiferença faz cair
Em cima do arco do pé magro, enquanto
A entreaberta boca só procura
A memória de outra. "Olha-me bem,
Diria a voz de nada através da minha,
Eu minto, ao infinito, mas satisfaço,
Não sou, mas fecho os olhos, e recurvo
Se assim desejas minha nuca negra
E canto, se tu queres, mente lassa,
Ou finjo estar dormindo"... No crepúsculo
A vespa, coroando-se de luz,
Reina absoluta no seu curto instante
De ascensão tateante sobre o cacho.
Não, não estamos curados do jardim,
Assim como não cessa, inchado de água
Negra, a efusão do sonho quando os olhos se abrem.

Comme au lieu d'origine, et les chemins / Luiraient dans les jardins de l'éclair, la beauté / Y porterait ses pas errants... Je dis le rêve, / Mais ce n'est que pour le repos de mots blessés // Et je sais même dire; et je suis tenté / De vous dire parfois, signes fiévreux, / Criants, les salles peintes, / Les cours intérieures ombragées, / La suffisance de l'été sur les dalles fraîches, // Le murmure de l'eau comme absente, le sein / Qui est semblable à l'eau, une, infinie, / Gonflée d'argile rouge. De vous donner / L'anneau des ciels de palmes, mais aussi / Celui, lourd, de cette cheville, qu'une main / De tiédeur et d'indifférence fait glisser / Contre l'arc du pied maigre, cependant / Que la bouche entrouverte ne cherche que / La mémoire d'une autre "Regarde-moi, / Dirait la voix néante à travers la mienne, / Je mens, à l'infini, mais je satisfais, / Je ne suis pas mais je ferme les yeux, / Je courbe si tu veux ma nuque noire / Et je chante, veux-tu, esprit lassé, / Ou je feins de dormir"... Au crépuscule / La guêpe se couronne de lumière, / Elle règne absolue dans son instant / D'ascension tâtonnante sur la grappe. / Non, nous ne sommes pas guéris du jardin, / De même que ne cesse pas, gonflé d'une eau / Noire, l'épanchement du rêve quand les yeux s'ouvrent.

Ainda carregaremos, a contraluz
No fluxo a vir de baixo, faiscante,
De flores e de frutos nossa chata,
Como um fogo, vermelho, cujo fumo
Dissipará das ásperas imagens
As horas e as margens. E quanta esperança
Infantil, sob os ramos! Quanto avanço nessas
Palavras aquiescentes! Mesmo que ainda ali
Nos roce a noite de asa não sabida

E molhe mesmo ali, na água veloz, o bico.
....
"Queria enriquecê-lo em ser só uma imagem
Para que fosse apenas uma, e que o fogo
Do tempo, se pegar nos corpos, gritos, sonhos,
Deixe intacta essa forma em que nos encontrávamos.

Assim, para ele eu era água pura em reserva,
Ilimitava o olhar que sobre mim lançava,
A minha boca à sua confiante amava,
A espera e a doação eram minha alegria.

— Ele dorme. Eu sou da porta o pano
Que encharcaram de água pra mudar o céu,
Debruo o entardecer de ultramarinho,
O jogo eu sou de algumas sombras no seu corpo.

Ele envelhece. Mesmo em nós cresceu a hora
E rola o som de noite que nas pedras vem.
Deixa ir o braço às vezes nessa água mais fria,
Não sei se em sonho e se não me sabendo..."

....

Encore nous chargerons, à contre-jour / Dans l'afflux d'en dessous, étincelant, / Notre barque à fond plat de fruits, de fleurs / Comme d'un feu, rouge, dort la fumée / Dissipera de ses âcres images / Les heures et les rives. Et que d'espoirs / Enfantins, sous les branches! Quelle avancée / Dans les mots consentants! Bien que la nuit / Nous frôle même là d'une aile insue // Et trempe même là son bec, dans l'eau rapide. /........../ "Je voulais l'enrichir de n'être qu'une image / Pour que lui n'en soit qu'une, et que le feu / Du temps, s'il prend aux corps, aux cris, aux rêves même. / Laisse intacte la forme où nous nous retrouvions, // Aussi je me faisais sa réserve d'eau pure, / J'illimitais ses yeux qui se penchaient sur moi, / Ma bouche aimait sa bouche aux hâtives confiances, / C'était ma joie d'attendre et de lui faire don. // — Il dort. Je suis l'étoffe de la porte / Que l'on a trempée d'eau pour charger de ciel, / J'ourle l'après-midi d'outre-marine, / Je suis le jeu des quelques ombres sur son corps. // Il vieillit. Même en nous l'heure a grossi et roule / Son bruit de nuit qui vient dans les pierres. Parfois / Il laisse aller son bras dans cette eau plus froide, / Je ne sais si en rêve et ne me sachant pas..." //..........//

"Vieste a fim deste livro fechado,
Eu não consinto que o abras.
Vieste a fim de lhe quebrar o selo
Ardente, furado em noite, curvo, folhas
Na borrasca que ronda e não rebenta,
Não permito tocares o seu lacre.
Vieste "a fim de nem que fosse apenas"
Entrever, como em sonho uma palavra
Crescer transfigurada na alva do sentido
(E sei bem que uma relha trabalhou
Muito nessa esperança e, recaindo
No que é frase terrestre, brilha ali
Rasgada à beira da minha luz),
Fico silencioso em tua voz que sonha...
Vieste a fim de devastar a escrita
(Toda escrita, toda esperança), de achar
A superfície imperturbada que a estrela imita
E beber da água que passa e te banhares
Sob o arco onde madura o fruto não o sentido,
Não deixei que do livro te esquecesses."

....

Ó sonhos, crianças belas
Dentro da luz
Dos vestidos rasgados,

Dos ombros pintados.

"Se nada tem sentido,
Assopra a voz,
É igual pintar os corpos
De nuvens rubras.

"Es-tu venu pour ce livre fermé, / Je ne consens pas que tu l'ouvres. / Es-tu venu pour en briser le sceau / Brûlant, troué de nuit, courbé, feuillage / Sous l'orage qui rôde et n'éclate pas, / Je ne te permets pas d'en toucher la cire. / Es-tu venu "ne serait-ce que pour" / Entrevoir, comme en songe, une parole / Croître transfigurée dans l'aube du sens / (Et je sais bien qu'un soc a travaillé / Longtemps à cet espoir et, retombé / Dans la phrase terrestre, brille là / Déchiré au rebord de ma lumière), / Je reste silencieux dans ta voix qui rêve... / Es-tu venu pour dévaster l'écrit / (Tout écrit, tout espoir), pour retrouver / La surface introublée que double l'étoile / Et boire à l'eau qui passe et te baigner / Sous la voûte où mûrit le fruit non le sens, / Je ne t'ai pas permis d'oublier le livre." //........// O rêves, beaux enfants / Dans la lumière / Des robes déchirées, // Des épaules peintes. // "Puisque rien n'a de sens, / Souffle la voix, / Autant peindre nos corps / De nuées rouges.

Vê, ilumino este seio
Com pouca argila
E a alegria liberto, que é o nada,
De ser a falta."

....

Caminham, pés descalços
Em sua ausência,
E atingem as margens
Do rio terra.

Eles pedem, e dão,
Olhos fechados,
Tornozelos vermelhos
Pela lama de imagens.

Nada antes terá vindo, nada acaba,
Repartem, uma água,
Entendem-se, o seu flanco
Nu reflete a estrela.

Passam, tomando parte
Da água faiscante,
E tu, pedra lançada,
Em mundos lá, distantes, que se alargam.

....

E a seus passos se junta
Flora, a pura,
Que lança suas papoulas
Para quem pede.

Vois, j'éclaire ce sein / D'un peu d'argile / Et délivre la joie, qui est le rien, / D'être la faute." //..........// Ils marchent, les pieds nus / Dans leur absence, / Et atteignent les rives / Du fleuve terre. // Ils demandent, ils donnent, / Les yeux fermés, / Les chevilles rougies / Par 1a boue d'images. // Rien n'aura précédé, rien ne finit, / Ils partagent, une eau, / S'étendent, le flanc nu / Reflète l'étoile. // Ils passent, prenant part / A l'eau étincelante, / A toi, pierre jetée, / A des mondes là-bas, qui s'élargissent. //..........// Et à leurs pas se joint / Flore la pure / Qui jette ses pavots / A qui demande.

E pastoral beleza
Nua, para abrir
À animália molhada, ao frio do dia,
O cercado do simples

— Também beleza cinza
Das fumaças
Que se torce e desfaz
Ao menor sopro

E a louca que fala
Por várias bocas
E, debruçada, agita
A cabeleira...

....

"Tu não me tocarás
Nem verão nem inverno,
Nem quando a lua cresce
Ou se dissipa.

Nem com as mãos do desejo
Nem em imagem,
Nem com boca que ama
Ou lacerada.

Hás de dormir,
Eu voltarei no entanto
Contra teus lábios,

Hás de voltar-te
A suspirar
Como para inclinar-te, meu viajante,
Sobre uma fonte,

Et beauté pastorale / Nue, pour ouvrir / A des bêtes mouillées, au froid du jour, / L'enclos du simple // — Mais aussi beauté grise / Des fumées / Qui se tord et défait / Au moindre souffle // Et la folle qui parle / Par plusieurs bouches / Et penchée, qui secoue / Sa chevelure... //.......... // "Tu ne me toucheras / Ni d'été ni d'hiver, / Ni quand la lune croît / Ou se dissipe. // Ni des mains du désir / Ni en image, / Ni de bouche qui aime / Ou déchirée. // Dormiras-tu, / Je reviendrai pourtant / Contre tes lèvres, // Te retourneras-tu / En soupirant / Comme pour te pencher, mon voyageur, / Sur une source,

Lá estarei,
Tua boca a me roçar as pálpebras fechadas."

....
....

Aqui, a tarefa
Que não sei terminar. Aqui, as palavras
Que nunca vou dizer.

Aqui a poça
Negra dentro da nuvem.
Aqui, dentro do olhar,
O ponto cego.

....

Mas, vê,
Nossas janelas longe se iluminam
Por assim mesmo ainda um sol da tarde
E as vidraças são como uma água, turvas
Mas também transmudadas, coaguladas
Pelo braço da luz a meditar.
O enigma, o sol sonhado, a barca rubra
Passa, coxeando a morte. Este país
É, calmo, sua esteira, onde a casa

Se revela a estrela, que se eleva
Para a paz, alto acima da relva, no sopro
Igual enfim, dos deuses do jardim deserto.
Cheguemo-nos. De perto as vidraças se apagam,
Mas o ouro ao retirar-se para a outra margem
Deixou florindo em sua areia virgem,
O nada, que é a vinha! Oh, inclina-te, apoia
A fronte na vidraça! É o bem, todo lugar

Je serai là, / Ta bouche frôlera mes paupières closes." //........../..........// Ici, la tâche / Que je ne sais finir. Ici, les mots / Que je ne dirai pas. // Ici, la flaque / Noire, dans la nuée. / Ici, dans le regard, / Le point aveugle. //..........// Mais, vois. / Nos fenêtres là-bas sont éclairées / Par tout de même encore un soleil du soir / Et nos vitres sont comme une eau, troublées / Mais aussi transmutées, coagulées / Par le bras méditant de la lumière. / L'énigme, le soleil rêvé, la barque rouge / Passe, boitant sa mort, Mais ce pays / Est, calme, son sillage, où la maison // Se révèle l'étoile, qui s'élève / Pour la paix au-dessus des herbes, dans le souffle / Égal enfin, des dieux du jardin désert. / Approchons-nous. De près les vitres s'éteignent, / Mais l'or se retirant à son autre rive / A laissé à fleurir dans leur sable vierge / Le rien, qui est la vigne. Oh, penche-toi, appuie / Ton front contre la vitre! C'est le bien,

Onde nascer no fluxo vem sem trégua,
Vê o fruto real crescer, tu que consentes,
Vê brilhar seus florões na sala escura.

Debruças-te, apanhas
Algo da divindade de uma relva seca
E em meio à profusão do odor magoado
Cessa a espera da vida a gritar fome.
Dos lábios à procura de outros lábios,
Da água que busca a encosta em meio às pedras,
Do impulso alegre, puro do cordeiro,
Da criança a brincar no limiar sem limite
Dás cumprimento ao voto pois que tu acolhes
A terra, que ao desejo excede.

Debruças-te. A murta, então chorar,
Minha alma, é apenas o verão que vibra
Como faz um batente a que o vento assalta
No gonzo da esperança lacerada.
Como é claro este dia! A nossa rebeldia
É bebida pela porosidade da luz,

E o ensombramento da asa do céu,
Seu grito, o vento que retoma, tudo
Diz a vida enfim pronta para si e não a morte.
Vê, terá sido bastante ter confiança,
A criança pegou na mão do tempo idoso,
A mão da água, a mão dos frutos na folhagem,
Ele os dirige mudos no mistério,
E a nós, de longe olhando tudo, seja simples
Cruzar-lhe o olhar que nunca pestaneja.

....

Tout lieu où naître vient dans le flux sans trêve, / Vois croître le vrai fruit, toi qui consens, / Vois ses rinceaux briller dans la salle sombre. // Tu te penches, tu prends / Un peu de la divinité d'une herbe sèche / Et dans la profusion de l'odeur froissée / Cesse l'attente de la vie au cri de faim. / Des lèvres qui demandent d'autres lèvres, / De l'eau qui veut la pente dans les pierres, / De l'élan de l'agneau, fait de joie pure, / De l'enfant qui joue sans limite sur le seuil / Tu accomplis le vœu puisque tu accueilles / La terre, qui excède le désir. // Tu te penches... Le myrte, puis pleurer, / Mon amie, ce n'est là que l'été qui vibre / Comme fait un volet que le vent assaille / Sur son gond d'espérance déchirée. / Mais que ce jour est clair! Notre révolte / Est bue par la porosité de la lumière, // Et l'assombrissement de l'aile du ciel, / Son cri, le vent qui recommence, tout cela / Dit la vie enfin prête à soi et non la mort. / Vois, il aura suffi de faire confiance, / L'enfant a pris la main du temps vieilli, / La main de l'eau, la main des fruits dans le feuillage, / Il les guide muets dans le mystère, / Et nous qui regardons de loin, tout nous soit simple / De croiser son regard qui ne cille pas. //.........//

Desejo fez-se Amor por suas vias noturnas
Na tristeza dos séculos; e por beleza
Entendida, limite aceito, por memória
Amor, o tempo, traz o filho, que é o signo.

E em nós e de nós, que continuamos
Um ao outro tão obscuros, o que é
O erro mas fatídico, a palavra
Infindada ficando como o ser ainda,

Tome forma a sua alegria: para reter
Na taça a água fugidia; refletir
O fogo que é o nada; fazer dom
Da ideia ao menos do sentido — à luz.

....

Nuvens,
E uma, a mais distante, sim, para sempre
Rubra, a água e o fogo
Nesse vaso de terra, a fumaça
No turbilhão, foco de brasa pura,
Onde vai alta a chama... Mas aqui
O solo, como o céu,
Está juncado de infinitas pedras
De que algumas, vermelhas,
Carregam traços que sonhamos signos.

E nós as libertamos dos musgos, das urzes,
Nós as pegamos, levantamos. Olha!
Aqui é um traçado, é uma escrita,
Aqui o grito vibrou no gonzo do sentido,

Désir se fit Amour par ses voies nocturnes / Dans le chagrin des siècles; et par beauté / Comprise, par limite acceptée, par mémoire / Amour, le temps, porte l'enfant, qui est le signe. // Et en nous et de nous, qui demeurons / Si obscurs l'un à l'autre, ce qui est / La faute mais fatale, la parole / Étant inachevée comme l'être encor, // Que sa joie prenne forme: pour retenir / L'eau dans sa coupe fugitive; pour refléter / Le feu, qui est le rien; pour faire don / D'au moins l'idée du sens — à la lumière. // .... // Nuages, / Et un, le plus au loin, oui, à jamais / Rouge, l'eau et le feu / Dans le vase de terre, la fumée / En tourbillons au point de braise pure / Où va bondir la flamme... Mais ici / Le sol, comme le ciel, / Est parsemé à l'infini de pierres / Dont quelques-unes, rouges, / Portent des traits que nous rêvons des signes. // Et nous les dégageons des mousses, des ronces, / Nous les prenons, nous les soulevons. Regarde! / Ici, c'est un tracé, de l'écriture, / Ici vibra le cri sur le gond du sens,

Aqui... Mas não, isso não fala, o talhe
Desvia, ao ápice
Também de brasa pura, no espírito,
Onde a repetição, a simetria
Redissera o anseio de operante mão.

O silêncio
Qual ponte desabada sobre nós
No anoitecer.

Recolhemos, no entanto,
Minha amiga,
Tantas e mais das pedras, quando a noite
A manchar o pano rubro, a perfurar-nos
As vozes, furta-as já das mãos ansiosas.

E nuvens que nós somos, guia-nos seu fogo
Quando voltamos, carregados,
À casa, "muito além". Quando passamos
Desertos
Na vidraça embrasada dessa terra
Que parece a linguagem: alumiada
Ao longe, aqui pedrenta. Quando vamos
Mais longe ainda, dividindo-nos, rasgando-nos,
A criança a correr ante nós na alegria
Tem sua vida ignorada.

Simples, — não, claros,

Em paz,
Imóveis certas vezes em encruzilhadas,
Por entre as colunas dos fogos do verão que vai findar,
No perfume da estrela e no da cinza.

Ici... Mais non, cela ne parle pas, l'entaille / Dévie, au faîte / Aussi de braise pure, dans l'esprit, / Où la répétition, la symétrie / Auraient redit l'espoir d'une main œuvrante. // Le silence / Comme un pont éboulé au-dessus de nous / Dans le soir. // Nous ramassons pourtant, / Mon amie, / Tant et plus de ces pierres, quand la nuit / Tachant l'étoffe rouge, trouant nos voix, / Les dérobe déjà à nos mains anxieuses. // Et nuées que nous sommes, leur feu nous guide / Quand nous rentrons, chargés, / A la maison, "là-bas". Quand nous passons / Déserts / Dans la vitre embrasée de ce pays / Qui ressemble au langage: illuminé / Au loin, pierreux ici. Quand nous allons / Plus loin même, nous divisant, nous déchirant, / L'enfant courant devant nous dans sa joie / A sa vie inconnue, // Simples, — non, clairs, // En paix, / Immobiles parfois à des carrefours, / Entre les colonnes des feux de l'été qui va prendre fin, / Dans l'odeur de l'étoile et de la cendre. //..........//

....

"Tudo isso", sim,
Nossos engodos, alegrias,
Nossas saudades para sempre,
Não, nosso consentir, nossas certezas.

Tudo isso é o verão,
O incoerente
Que nos assalta os olhos
Com a água brusca.

E lá fora é a noite,
Não, é o dia
Que proclama, viscoso,
Um nascimento.

....

O verão:
Essa coruja pregada
Ali, no limiar,
Pelo ferro em paz da estrela.

//..........// "Tout cela", oui, / Nos leurres, nos joies, / Nos regrets à jamais, / Non, nos consentements, nos certitudes, // Tout cela, c'est l'été, / L'incohérent / Qui assaille nos yeux / De son eau brusque. // Et dehors c'est la nuit, / Non, c'est le jour / Qui proclame, glaireux, / Une naissance. //..........// L'été: / Cette chevèche que cloue / Là, sur le seuil, / Le fer en paix de l'étoile.

O ESPARSO, O INDIVISÍVEL

Sim, na vidraça
Num ímpeto de fuga
De choques surdos
— Gritando às vezes
Por uma cabeça acima.

Sim, pela noite
Em que a televisão procura a praia,
Em que a antiga esperança se reclina sobre
Os lábios da imagem,
Morde
Na solidão do sangue
O ombro nu da imagem.

Sim, pela noite
Em que o sentido em falta aperta longamente
O seio frio da imagem
E só, peito angustiado,
Afasta-se, sob as constelações do vão desejo.

....

Sim, pelo deus
Que erra sob a aparência de um cordeiro
Junto ao furgão,
Sob a lâmpada a queimar a noite toda.
Paro, ele para,
Avanço, e esse rosto

Dissipa-se, alumiando

L'ÉPARS, L'INDIVISIBLE
Oui, à la vitre / Dans un essai de fuir / A heurts sourds / — Criant parfois / Par une tête plus haut // Oui, dans la nuit / Où la télévision cherche le rivage, / Où l'antique espérance se penche sur / Les lèvres de l'image, / Mord / Dans la solitude du sang / L'épaule nue de l'image. // Oui, par la nuit / Où le besoin de sens presse longtemps / Le sein froid de l'image / Et seul, le cœur serré, / Se détourne, sous les constellations du vain désir. //..........// Oui, par le dieu / Qui erre sous l'apparence d'un agneau / Près de la fourgonnette, / Sous l'ampoule qui brûle toute la nuit. / Je m'arrête, il s'arrête, / J'avance, et ce visage // Se dissipe, éclairant

Minha perna, que o empurra
Na geada que cresta fora do mundo.

....

Sim, pela voz
Violenta contra o silêncio de,
Pela pancada do ombro
Violentamente contra a distância de
— Mas com teu raio de indiferença tu repartes,
Céu num triz negro,
O pão da nossa solidão à mesa.

....

Sim, pela porta que vibra

Ao sopro
Da aparência furada
(E se eu sair ficarei cego
Dentro da cor).

Sim, pela vibração que por vezes
Parece terminar.
Sim pela febre a retomar tarde no mundo.

....

Sim, pela tarde
Quando da cor ele remexe as cinzas,
A acelerar com mãos de cego
A subida da chama sem clarão.

Ma jambe, qui le pousse / Dans le givre qui crisse au-dehors du monde. //..........// Oui, par la voix / Violente contre le silence de, / Par le heurt de l'épaule / Violemment contre la distance de / — Mais de ta foudre d'indifférence tu partages, / Ciel soudain noir, / Le pain de notre solitude sur la table. //..........// Oui, par la porte qui vibre // Du souffle / De l'apparence trouée / (Et si je sors je serai aveugle / Dans la couleur). // Oui, par la vibration qui parfois / Semble finir. / Oui, par la fièvre qui reprend tard dans le monde. //..........// Oui, par le soir / Quand il remue les cendres de la couleur, / Hâtant à mains d'aveugle / La montée de la flamtne sans lumière.

(O raio,
A árvore que gritou em sua goela nua,
E tu
O que fica do céu.)

....

Sim, pelo cimo iluminado
Uma hora ainda.

Sim, pela mão
Que traça violenta o traço do cimo
Sem fim,
Sem porvir,
Ora afogada em tinta clara, ora sombria.

E sem lugar na luz que vai sozinha.

....

Sim, por aqueles dias
Em que errava o trovão, já antes da alva.
Pelos caminhos na relva molhada
Que a noite recurvara às suas rodas de pedra.

Sim, pelas urzes
Dos cimos entre as pedras. Por essa árvore, em pé
Contra o céu.
Pelas chamas, por toda parte,
E as vozes, cada tarde,
Do casamento entre o céu e a terra

(Quando, já tarde, a esponja empurra sobre a mesa
Que brilha um pouco
Os restos do pão e do vinho.)

(La foudre, / L'arbre qui a crié sur sa gorge nue, / Et toi / Ce qui demeure du ciel.) //..........// Oui, par la cime éclairée / Une heure encore. // Oui, par la main / Qui trace violemment le trait de la cime / Sans fin, / Sans avenir, / Parfois noyé d'une encre claire, parfois sombre // Et sans place dans la lumière qui va seule. //..........// Oui, par ces jours / Où errait le tonnerre, dès avant l'aube. / Par mes chemins dans les herbes mouillées / Qu'avait courbées la nuit sous ses roues de pierre. // Oui, par les ronces / Des cimes dans les pierres. Par cet arbre, debout / Contre le ciel / Par les flammes, partout, / Et les voix, chaque soir, / Du mariage du ciel et de la terre // (Tard, quand l'éponge pousse sur la table / Qui brille un peu / Les débris du pain et du vin.)

....

Sim, pelos dois pilares de madeira
Abandonados,
Sim, pelo sal
Já duro, na caixa da cozinha pintada em preto.
Sim pelo gesso em saco: aberto, endurecido,
Grão do impossível que ilumina.

Sim, pelo furo
Perto da chaminé, hiante ainda
(E o enxadão e a pá ali ficaram
Contra o muro; o pedreiro, que chamaram,
Mal por ali passou, silencioso,
Rumo a outro trabalho noutra sala.)

....

Sim, por esse lugar
Perdido, não livrado
Das urzes, e das cinzas de esperança.
Pelo desejo dominado, não, consumpto

Pois teremos vivido tão profundo os dias
Que pela luz nos foram consentidos!
Seguia lindo o tempo, lindo de perecer,

O campo estava em derredor deserto
Ouvíamos apenas respirar a terra
E ranger a corrente da cisterna, causa
Do tempo que caía do balde, céu demais.
Aqui, ali lidávamos em grandes salas,
Pouco falávamos com voz rouquenha

//........// Oui, par les deux colonnes de bois / Abandonnées, / Oui, par le sel / Durci, dans la boîte de la cuisine peinte de noir / Oui, par le sac de plâtre: ouvert, durci, / Grain de l'impossédable, qui illumine. // Oui, par le trou / Près de la cheminée, béant encore / (Et la pioche et la pelle sont restées là / Contre le mur: le maçon, appelé. / A peine est-il passé, silencieux, / A un autre travail dans une autre salle.) //..........// Oui, par ce lieu / Perdu, non dégagé / Des ronces, puis des cendres d'un espoir. / Par ce désir vaincu, non, consumé // Car nous aurons vécu si profond les jours / Que nous a consentis cette lumière! / Il faisait beau toujours, beau à périr, // La campagne alentour était déserte, / Nous n'entendions que respirer la terre / Et grincer la chaîne du puits, cause du temps / Qui retombait du seau comme trop de ciel. / Nous travaillions ici ou là, dans de grandes salles, / Nous ne parlions que peu, à voix rouillée

Qual se esconde uma chave embaixo de uma pedra.
Chegava a noite às vezes, da ponta das cordas,
Mulher perfeita arcada em negro a levar mudos
Os animais nas águas desse sol constante.

E que ela durma
No absoluto que fomos
Essa casa que foi como um barranco
Onde rumora o céu, onde a ave que sonha
A paz noturna vem beber... Irrevelada,
Grande, demais secreta para nossos passos,
Afloremos apenas o seu ombro escuro,
Não perturbemos quem com hausto calmo sorve
Nas reservas do sonho desta terra.
Larguemos, simplesmente, noite já, estas pedras
Em que o signo nós líamos, no seu flanco ermo.

Quantas tarefas infindáveis nós tentávamos,
Quantos signos impenetráveis nós tocávamos
Com dedos ignorantes, portanto cruéis!
Quantas errâncias, quanta solidão!
A memória está lassa, sim, o tempo estreito,
O caminho infinito ainda... Mas o céu

Tem pedras mais avermelhadas pelo lado
Da tarde, e em nossas vidas que fazem etapa,
Luz que às vezes te avultas, tu tomas e queimas.

....

Sim, pela noite
No alto, em nosso quarto do verão

Comme on cache une clef sous une pierre. / Parfois la nuit venait, du bout des longes, / Parfaite femme voûtée de noir poussant muettes / Ses bêtes dans les eaux du soleil constant. // Et qu'elle dorme / Dans l'absolu que nous avons été / Cette maison qui fut comme un ravin / Où bruit le ciel, où vient l'oiseau qui rêve / Boire la paix nocturne... Irrévélée, / Trop grande, trop mystérieuse pour nos pas, / Ne faisons qu'effleurer son épaule obscure, / Ne troublons pas celle qui puise d'un souffle égal / Aux réserves de songe de la terre. / Déposons simplement, la nuit venue, ces pierres / Où nous lisions le signe, à son flanc désert. // Que de tâches inachevables nous tentions, / Que de signes impénétrables nous touchions / De nos doigts ignorants et donc cruels! / Que d'errements et que de solitude! / La mémoire est lassée, certes, le temps étroit, / Le chemin infini encore... Mais le ciel // A des pierres plus rougeoyantes du côté / Du soir, et dans nos vies qui font étape, / Lumière qui t'accrois parfois, tu prends et brûles. //.........// Oui, par la nuit / Là-haut, dans notre chambre de l'été

Que vai como uma barca, hesitante por vezes
Pela espuma do céu (e assim te vejo
Ainda, no espelho de aço já rasgado,
Longínqua desfazer a vestimenta
Vermelha desses anos quando, infinda
Como o astro nas vidraças, tu tomavas
Em mão de sonho inacabado em remoinhos
Onde a aurora germina já, do sono
A rosa de cada dia senão mortal.

Eu olhava
Surgir a outra barca, um fogo,
Também ele hesitante
E também ele intacto como a vida,
Nos sarmentos do monte de Vachères.

E bem posso descer
Ainda, atravessar salas sombrias,
Ouvir, tal como outrora, dar os passos

De cada dia novo em meio às vinhas
Na imobilidade para sempre do céu,

Faz bom tempo,
A casa perdurou tal como a estrela
Continua subindo no céu claro,

E dorme bem aqui a filha do Faraó,
Livres os seios,
Sobre esse leito conduzido
Pela corrente do meio do rio).

....

Sim, pelo "grande sótão"

Qui va comme une barque, hésitant parfois / Dans l'écume du ciel (et je te vois / Encore, dans la glace au tain déchiré, / Redéfaire lointaine le vêtement / Rouge de ces années quand, infinie / Comme l'étoile aux vitres, tu prenais / A main de rêve inachevé dans les remous / Où déjà germe l'aube, du sommeil / La rose de chaque jour sinon mortelle. // Je regardais / Paraître l'autre barque, un feu / Lui aussi hésitant / Et lui aussi intact, comme la vie, / Dans les sarments de la montagne de Vachères. // Et je peux bien descendre / Encore, traverser les salles sombres, / Ouvrir, comme autrefois, faire ces pas // De chaque jour nouveau parmi les vignes / Dans l'immobilité à jamais du ciel, // Il fait beau, / La maison a duré comme l'étoile / Continue à monter dans le ciel clair, // Et la fille de Pharaon dort bien ici, / Les seins libres, / Sur cette couche que guide / Le courant du milieu du fleuve). //..........// Oui, par le "grand grenier"

E Jean Aubry, de Orgon,
E os filhos Claude e Jean
"Fizemos neste dia
Festa de comunhão". Está faltando a data.

....

Sim, pelo arco partido
Do limiar
De que encontráramos a pedra faltante
— Passa, rio de paz, faz reflorir
O cravo desta margem.

....

Sim, pela vidraça brilhante
Onde, refeita,
A mão simples de fora estende o fruto
(E essa barca é vermelha, crepuscular,
Dir-se-ia que o fruto da primeira
Árvore terminou sua jornada
Na ramada da dor do mundo. E vai-se
Meditativamente para a outra margem.)

Sim, pelo fogo,
Pelo brilho do fogo na água quieta,
Pelo nosso lugar, que vai,
Pela senda do fogo sob o fruto maduro.

....

Sim, pela tarde em que
Tudo é silente, não tem fim, o tempo
Dorme na cinza desse fogo de ontem

Et Jean Aubry d'Orgon, / Et ses fils Claude et Jean. / "Nous avons fait ce jour / Appui de communion." La date manque. //..........// Oui, par l'arche brisée / Du seuil / Dont nous avions trouvé la pierre manquante / — Passe, fleuve de paix, fais refleurir / L'œillet de cette rive. //..........// Oui, par la vitre brillante / Où, reformée, / La main de dehors simple tend le fruit / (Et cette barque est rouge, crépusculaire, / On dirait que le fruit du premier arbre / A terminé sa journée dans les branches / De la douleur du monde. Et il s'en va / Méditativement vers une autre rive.) // Oui, par ce feu, / Par son reflet de feu sur l'eau paisible, / Par notre lieu, qui va, / Par le chemin de feu sous le fruit mûr. //..........// Oui, par l'après-midi / Où tout est silencieux, étant sans fin, / Le temps dort dans la cendre du feu d'hier

E a vespa na vidraça a chocar costurou
Já muito do rasgão do mundo. Nós dormimos
Lá na sala de cima, mas andamos
Também, e para sempre, em meio às pedras.

....

Sim, pelo corpo
Da doçura que é cega e nada quer,
Mas que perfaz.

E nas vidraças suas ficam as folhagens
Mais perto no arvoredo claro. E repousam
Os frutos sob o arco do espelho. E o sol
Está ainda alto, atrás do cesto
Do verão sobre a mesa e das poucas flores.

....

Sim, por nascer que fez
De nada a chama,
E confunde tranquilos
Nossos dois rostos.

(Nós nos curvávamos, e a água
Corria rápida,
Mas nossas mãos, ali rompidas,
Capturaram a imagem.)

....

Sim, pela criança

E por essas palavras poucas que salvei
Por uma boca infante. "Vê, a serpente

Et la guêpe qui heurte à la vitre a cousu / Beaucoup déjà de la déchirure du monde. / Nous dormons, dans la salle d'en haut, mais nous allons / Aussi, et à jamais, parmi les pierres. //..........// Oui, par le corps / Dans la douceur qui est aveugle et ne veut rien / Mais parachève. // Et à ses vitres les feuillages sont plus proches / Dans des arbres plus clairs. Et reposent les fruits / Sous l'arche du miroir. Et le soleil / Est haut encore, derrière la corbeille / De l'été sur la table et des quelques fleurs. /..........// Oui, par naître qui fit / De rien la flamme, / Et confond apaisés / Nos deux visages. // (Nous nous penchions, et l'eau / Coulait rapide, / Mais nos mains, là brisées, / Prirent l'image.) //..........// Oui, par l'enfant // Et par ces quelques mots que j'ai sauvés / Pour une bouche enfante. "Vois, le serpent

Do fundo do jardim não abandona
Do buxo a sombra fria. Os seus desejos
Todos são de silêncio e sono em meio às pedras.
A dor de nomear em meio às coisas
Findará." É já música nos ombros,
É música no braço que os protege,
Palavra em lábios reconciliados.

....

Sim, pelas palavras,
Poucas palavras.

(E com uma das mãos,

Por certo, erguer o relho, injuriar o sentido,
Precipitar
Toda a carga de imagens entre as pedras
— Com a outra, mais funda, segurar.

Pois esse que não sabe
O direito de um sonho simples a pedir
Que se reerga o sentido, se apazigue
A face ensanguentada, se dê cor
À palavra ferida de uma luz,
Esse, fosse ele
Quase um deus a criar quase uma terra,
Falta-lhe compaixão, jamais acede
À verdade, que só é confiança, ele não sente
No desejo crispado em sua diferença
A deriva maior daquela nuvem.
Quer construir! Ainda que fosse, exangue,
Um resto só de raio, para o nada
No orgulho preservar de alguma forma,

Du fond de ce jardin ne quitte guère / L'ombre fade du buis. Tous ses désirs / Sont de silence et de sommeil parmi les pierres. / La douleur de nommer parmi les choses; / Finira." C'est déjà musique dans l'épaule, / Musique dans le bras qui la protège, / Parole sur des lèvres réconciliées. //..........// Oui, par les mots, / Quelques mots. // (Et d'une main, // Certes, lever le fouet, injurier le sens, / Précipiter / Tout le charroi d'images dans les pierres / — De l'autre, plus profonde, retenir. // Car celui qui ne sait / Le droit d'un rêve simple qui demande / A relever le sens, à apaiser / Le visage sanglant, à colorer / La parole blessée d'une lumière, / Celui-là, serait-il / Presque un dieu à créer presque une terre, / Manque de compassion, n'accède pas / Au vrai, qui n'est qu'une confiance, ne sent pas / Dans son désir crispé sur sa différence / La dérive majeure de la nuée / Il veut bâtir! Ne serait-ce, exténuée, / Qu'une trace de foudre, pour préserver / Dans l'orgueil le néant de quelque forme,

Também isso é sonhar, mas infeliz,
Sem ter sabido atingir a terra breve.

Não, não desmembra: livra
E assegura. "Escrever", uma violência,
Mas pela paz que sabe à água pura.
Faça a beleza,
Pois tem esta palavra sentido, apesar
Da morte, obra de união de nossos montes
Para a água do verão, estreita,

E chame-a no relvado,
Pegue na mão da água através das estradas,
Guie a água daqui, mínima, ao rio claro.)

....

Sim, pela mão que tomo
Sobre esta terra.

E fora
É de novo o corisco,
A destacar-se,
Gritar por cima, liso,
Descolorindo
O fim do céu nas pedras.

Passando a vau
O pouco fundo ribeirão nas pedras.

....

Sim, pela beleza, nua,
Com algo de rasgado, de prescrito no mover-se do ombro.

Et c'est rêver, cela encore, mais sans bonheur, // Sans avoir su atteindre à la terre brève. / Non, ne démembre pas / Mais délivre, et rassure. "Écrire", une violence / Mais pour la paix qui a saveur d'eau pure. / Que la beauté, / Car ce mot a un sens, malgré la mort, / Fasse œuvre de rassemblement de nos montagnes / Pour l'eau d'été, étroite, // Et l'appelle dans l'herbe, / Prenne la main de l'eau à travers les routes, / Conduise l'eau d'ici, minime, au fleuve clair.) //..........// Oui, par la main que je prends / Sur cette terre. // Et dehors / C'est l'éclair à nouveau, / Se détachant, / Criant par-dessous, glissant, / Décolorant / La fin du ciel dans les pierres. // Passant à gué / Le peu profond ruisseau parmi les pierres. //..........// Oui, par la beauté, nue, / Avec du déchiré, du forclos dans le mouvement de l'épaule.

Sim, por ti — estacada
No vau do céu,
Raio, roupa entreaberta
Na abundância da terra de frutos escuros.

....

Sim, pela morte,
Sim, e a vida sem fim.

....

Pelo ontem reincarnado, hoje, amanhã,
Sim, aqui, lá, além, aqui, lá outra vez

(E do livro sonhado, o fogo
Virou as páginas.
Pegou-as pela nuca e as fez pesadas
Com sua mordida.
Desapareceram, segundo
Seu eixo curvo
Que as vergou, assim
O mistério de amor.)

....

Sim, pelo mesmo erro,
Que vai,

Sim, pela ventura simples, voz rompida.

....
....

Infla-se (sim juntado, queimado,
Dispersado

Oui, par toi — arrêtée / Au gué du ciel, / Foudre, robe entrouverte / Sur l'abondance de la terre aux fruits obscurs. //..........// Oui, par la mort, / Oui, par la vie sans fin. //..........// Par hier réincarné, ce soir, demain, / Oui, ici, là, ailleurs, ici, là-bas encore // (Et du livre rêvé, le feu / A tourné les pages. / Il les prit à la nuque et les alourdit / De sa morsure. / Elles ont disparu, selon / Son axe courbe / Qui les arqua, ainsi / Le mystère d'amour.) //..........// Oui, par même l'erreur, / Qui va, // Oui, par le bonheur simple, la voix brisée. //........../..........// S'enfle (oui rassemblé, brûlé, / Dispersé,

Sal
Das borrascas que sobem, das bonanças.
Cinza
Dos mundos imaginários dissipados,

Alva, no entanto,
Em que se atardam mundos junto aos cimos.
Respiram, apertados
Um ao outro, como
Animais silenciosos.
Movem-se, no frio.
A terra é como fogo de galhos molhados,

O fogo, como terra avistada em sonho),

E queime, sim, branqueie, então desabe
(Viver, nuvens
Tangidas de mistério, rebrilhar,
Findar,
Asa do impossível recolhida)
A vaga sem limite, sem reserva.

....

As palavras como o céu
Neste dia,
Algo que se reúne, se dispersa.

As palavras como o céu,
Infinito
Mas inteiro de súbito na poça breve.

Sel / Des orages qui montent, des éclaircies, / Cendre / Des mondes imaginaires dissipés, // Aube, pourtant, / Où des mondes s'attardent près des cimes. / Ils respirent, pressés / L'un contre l'autre, ainsi / Des bêtes silencieuses. / Ils bougent, dans le froid. / La terre est comme un feu de branches mouillées, // Le feu, comme une terre aperçue en rêve), // Et brûle, oui, blanchisse puis déferle / (Vivre, nuées / Poussées mystérieusement, étinceler, / Finir, / Aile de l'impossible reployée) / La vague sans limite sans réserve. //..........// Les mots comme le ciel / Aujourd'hui, / Quelque chose qui s'assemble, qui se disperse. // Les mots comme le ciel, / Infini / Mais tout entier soudain dans la flaque brève.

AQUILO QUE FOI SEM LUZ

(1987)

CE QUI FUT SANS LUMIÈRE

For as well the Pillar of Cloud as that of fire (...)

John Donne

I

A LEMBRANÇA

Esta lembrança me acompanha, de que o vento gira
De chofre, sobre a casa, lá longe, fechada.
É, pelo mundo, um estrondar de tela,
Até parece que o tecido da cor
Acaba de rasgar-se até o fundo das coisas.
A lembrança se afasta, depois volta,
São um homem e uma mulher mascarados, parecem
Tentar lançar às ondas barca muito grande.
O vento abate a vela em cima dos seus gestos,
Pega fogo na vela, a água é negra,
Que fazer de teus dons, lembrança minha,

Senão recomeçar o sonho mais antigo,
Crer que estou acordando? A noite é calma,
A sua luz escorre sobre as águas,
A vela das estrelas freme apenas
Nessa brisa que passa pelos mundos.
A barca de cada coisa, de cada vida
Dorme, na massa da sombra da terra,

E a casa, quase sem ruído, respira,
A ave cujo nome não sabíamos no vale
Mal lançou, dir-se-ia zombeteiras
Mas não sem compaixão, o que dá medo,
As duas notas, indistintas quase, rente a nós.

I
LE SOUVENIR / Ce souvenir me hante, que le vent tourne / D'un coup, là-bas, sur la maison fermée. / C'est un grand bruit de toile par le monde, / On dirait que l'étoffe de la couleur / Vient de se déchirer jusqu'au fond des choses. / Le souvenir s'éloigne mais il revient, / C'est un homme et une femme masqués, on dirait qu'ils tentent / De mettre à flot une barque trop grande. / Le vent rabat la voile sur leurs gestes, / Le feu prend dans la voile, l'eau est noire, / Que faire de tes dons, ô souvenir, // Sinon recommencer le plus vieux rêve, / Croire que je m'éveille? La nuit est calme, / Sa lumière ruisselle sur les eaux, / La voile des étoiles frémit à peine / Dans la brise qui passe par les mondes. / La barque de chaque chose, de chaque vie / Dort, dans la masse de l'ombre de la terre, // Et la maison respire, presque sans bruit, / L'oiseau dont nous ne savions pas le nom dans la vallée / À peine a-t-il lancé, on dirait moqueuses / Mais non sans compassion, ce qui fait peur, / Ses deux notes presque indistinctes trop près de nous.

Eu me levanto, escuto esse silêncio,
Vou à janela, uma vez ainda,
A dominar a terra que eu amei.
Ó alegrias, remador ao longe, que
Pouco se move no lençol brilhante, e além,
Sem ruído terrestre ardem as tochas
Das montanhas, dos rios, das baixadas.
Alegrias, e não sabíamos se estava
Em nós esse rumor vão e luzir de sonho
Esse renque de salas e de mesas
Carregadas de frutas, pedras, flores,
Ou o que um deus queria, para a festa
Que daria, visto que consentíamos,
Um verão todo em sua casa de infância.

Alegrias, e o tempo vindo de través,
Cheia de rio, à noite, desemboca
No sonho e fere a margem, dispersando-lhe
As mais calmas imagens sobre a lama.
Eu não quero saber a pergunta que sobe
Da terra em paz, e me desvio, vou
Atravessando os quartos do sobrado
Onde dorme uma parte do que fui,
E desço pela noite dos arcos de baixo
Rumo ao fogo na igreja, que vegeta,
Sobre ele me inclino, brusco ele se move,
Como alguém a dormir que se toca no ombro
E se levanta um pouco, a mim erguendo
A epifania do seu rosto em brasa.
Não, retoma teu sono, fogo eterno,
Sobre ti puxa a capa das tuas cinzas,

Je me lève, j'écoute ce silence, / Je vais à la fenêtre, une fois encore, / Qui domine la terre que j'ai aimée. / Ô joies, comme un rameur au loin, qui bouge peu / Sur la nappe brillante; et plus loin encore / Brûlent sans bruit terrestre les flambeaux / Des montagnes, des fleuves, des vallées. / Joies, et nous ne savions si c'était en nous / Comme vaine rumeur et lueur de rêve / Cette suite de salles et de tables / Chargées de fruits, de pierres et de fleurs, / Ou ce qu'un dieu voulait, pour une fête / Qu'il donnerait, puisque nous consentions, / Tout un été dans sa maison d'enfance. // Joies, et le temps qui vint au travers, comme un fleuve / En crue, de nuit, débouche dans le rêve / Et en blesse la rive, et en disperse / Les images les plus sereines dans la boue. / Je ne veux pas savoir la question qui monte / De cette terre en paix, je me détourne, / Je traverse les chambres de l'étage / Où dort toute une part de ce que je fus, / Je descends dans la nuit des arches d'en bas / Vers le feu qui végète dans l'église, / Je me penche sur lui, qui bouge d'un coup / Comme un dormeur que l'on touche à l'épaule / Et se redresse un peu, levant vers moi / L'épiphanie de sa face de braise. / Non, plutôt rendors-toi, feu éternel, / Tire sur toi la cape de tes cendres,

Reaquece a teu sonho, já que bebes
Também tu nessa taça de ouro rápido.
A hora não é vinda de levar a chama
No espelho que nos fala em meio à sombra,
Tenho de ficar só. E abro a porta
Que dá para as amendoeiras, tudo imóvel,
Tanta paz há na noite que as veste de lua.

E avanço pela relva fria. Ó terra, terra,
Presença tão aquiescente, tão entregue,
Será verdade que tenhamos já vivido
A hora em que se vê apagar-se, ramo a ramo,
As grinaldas da noite em festa? E não se sabe,
De novo sós na noite que se acaba,
Se até se quer que reapareça a alva
Tão preso fica o coração àquelas vozes
Que ainda cantam, longe, já indistintas,
A se afastar nos caminhos de areia.

Eu vou
Beirando a casa até o barranco, vejo
Vagamente brilhar as coisas do simples
Como um caminho que se abre, sob a estrela
Que já prepara o dia. Terra, é certo
Que tanta seiva na amendoeira no mês das flores,
Tantos fogos no céu, e tantos raios
Desde a alva nas vidraças, no espelho,
Tanta ignorância em nossas vidas, e esperanças
Tantas, tanto querer a ti, terra perfeita,
Não eram feitos para madurar qual fruta
Em seu instante de êxtase destaca-se
Do ramo, da matéria, sabor puro?

Réacquiesce à ton rêve, puisque tu bois / Toi aussi à la coupe de l'or rapide. / L'heure n'est pas venue de porter la flamme / Dans le miroir qui nous parle dans l'ombre, / J'ai à demeurer seul. J'ouvre la porte / Qui donne sur les amandiers dont rien ne bouge, / Si paisible est la nuit qui les vêt de lune. // Et j'avance, dans l'herbe froide. Ô terre, terre, / Présence si consentante, si donnée, / Est-il vrai que déjà nous ayons vécu / L'heure où l'on voit s'éteindre, de branche en branche, / Les guirlandes du soir de fête? Et on ne sait, / Seuls à nouveau dans la nuit qui s'achève, / Si même on veut que reparaisse l'aube / Tant le cœur reste pris à ces voix qui chantent / Là-bas, encore, et se font indistinctes / En s'éloignant sur les chemins de sable. // Je vais / Le long de la maison vers le ravin, je vois / Vaguement miroiter les choses du simple / Comme un chemin qui s'ouvre, sous l'étoile / Qui prépare le jour. Terre, est-il vrai / Que tant de sève dans l'amandier au mois des fleurs, / Tant de feux dans le ciel, tant de rayons / Dès l'aube dans les vitres, dans le miroir, / Tant d'ignorances dans nos vies mais tant d'espoirs, / Tant de désir de toi, terre parfaite, / N'étaient pas faits pour mûrir comme un fruit / En son instant d'extase se détache / De la branche, de la matière, saveur pure?

Eu vou,
E me parece que alguém anda junto a mim,
Sombra, a sorrir ainda que em silêncio
Como uma jovem, de pés nus na relva,
Acompanha um instante quem se vai.
De repente este para, olha para ela,
Folgaria em tomar entre as mãos esse rosto
Que é a própria terra. Adeus, diz ele,
Presença que só fora pressentida
Ainda que em mistério tantos anos próxima,
Adeus, imagem insondável, ilusão
De ser enfim a verdade quase dita,
Certeza, onde tudo era apenas dúvida, e mesmo se quimera
Palavra tão ardente que real.
Adeus, não te veremos mais vir junto a nós
Com a oferta do céu e folhas secas,
Não te veremos colocar junto à lareira
Teu perfil todo de divina serva.
Adeus, não tínhamos destino igual,
Tens de tomar esse caminho, nós o outro,
E entre se espessa aquele vale
Que o incógnito domina
Com grito rápido de pássaro caçando.
Adeus, já estás tocada de outros lábios,
A água do rio não pertence à sua margem
Salvo pelo barulho forte e claro.
Invejo o deus da noite que vai debruçar-se
Sobre o envelhecimento da tua luz.
Terra, aquilo que tem nome poesia tanto
Te desejara neste século sem nunca
Assumir sobre ti o bem do gesto de amor!

Je vais, / Et il me semble que quelqu'un marche près de moi, / Ombre, qui sourirait bien que silencieuse / Comme une jeune fille, pieds nus dans l'herbe, / Accompagne un instant celui qui part. / Et celui-ci s'arrête, il la regarde, / Il prendrait volontiers dans ses mains ce visage / Qui est la terre même. Adieu, dit-il, / Présence qui ne fut que pressentie / Bien que mystérieusement tant d'années si proche, / Adieu, image impénétrable qui nous leurra / D'être la vérité enfin presque dite, / Certitude, là où tout n'a été que doute, et bien que chimère / Parole si ardente que réelle. / Adieu, nous ne te verrons plus venir près de nous / Avec l'offrande du ciel et des feuilles sèches, / Nous ne te verrons pas rapprocher de l'âtre / Tout ton profil de servante divine. / Adieu, nous n'étions pas de même destin, / Tu as à prendre ce chemin et nous cet autre, / Et entre s'épaissit cette vallée / Que l'inconnu surplombe / Avec un cri rapide d'oiseau qui chasse. / Adieu, tu es déjà touchée par d'autres lèvres, / L'eau du fleuve n'appartient pas à son rivage / Sauf par le grand bruit clair. / J'envie le dieu du soir qui se penchera / Sur le vieillissement de ta lumière. / Terre, ce qu'on appelle la poésie / T'aura tant désirée en ce siècle, sans prendre / Jamais sur toi le bien du geste d'amour!

Ele tocou-a com as mãos, com os seus lábios,
Ele a retém, sorrindo, pela nuca,
Ele a contempla, nos seus olhos que se apagam
Nessa fosforescência do que é.
E agora, enfim, ele desvia o rosto.
Eu o vejo se afastar dentro da noite.

Adeus? Não, não é a palavra que eu sei dizer.

E meus sonhos, bem juntos
Um do outro, e outro mais, assim, tal como
Ao sair as ovelhas à primeira geada,
Retomam pisoteando os seus velhos caminhos.
Noite após noite acordo na casa vazia,
Parece-me que um passo ali inda me precede.
Eu saio
E espanto-me de ver a luz acesa
Nesse lugar abandonado, frente ao estábulo.
Correndo vou atrás da casa: ali o chamado
Do pastor de outro tempo ecoa ainda.
Ouço o latido que anunciava o dia,
Vejo a estrela beber com os animais
Que não são mais, na alva. E ressoa ainda a flauta
Na fumaça das coisas transparentes.

Il l'a touchée de ses mains, de ses lèvres, / Il la retient, qui sourit, par la nuque, / Il la regarde, en ces yeux qui s'effacent / Dans la phosphorescence de ce qui est. / Et maintenant, enfin, il se détourne. / Je le vois qui s'éloigne dans la nuit. // Adieu? Non, ce n'est pas le mot que je sais dire. // Et mes rêves, serrés / L'un contre l'autre et l'autre encore, ainsi / La sortie des brebis dans le premier givre, / Reprennent piétinant leurs plus vieux chemins. / Je m'éveille nuit après nuit dans la maison vide, / Il me semble qu'un pas m'y précède encore. / Je sors / Et m'étonne que l'ampoule soit allumée / Dans ce lieu déserté de tous, devant l'étable. / Je cours derrière la maison, parce que l'appel / Du berger d'autrefois retentit encore. / J'entends l'aboi qui précédait le jour, / Je vois l'étoile boire parmi les bêtes / Qui ne sont plus, à l'aube. Et résonne encore la flûte / Dans la fumée des choses transparentes.

AS ÁRVORES

Olhávamos as árvores, era do alto
Do terraço que nos foi caro, o sol
Ficava junto a nós mais esta vez ainda
Mas retirado, silencioso anfitrião
No limiar da casa em ruínas, que deixávamos
A seu poder, imensa, iluminada.

Vê, dizia-te eu, ele faz deslizar
Na pedra desigual, insondável do nosso apoio
A sombra do teu ombro confundido ao meu,
A das amendoeiras junto a nós
E aquela até do alto dos muros que se mescla às outras,
Rota, barca queimada, proa que deriva,
Como excesso de sonho ou de fumaça.

Mas lá longe estão imóveis os carvalhos,
Nem mesmo a sombra deles se move, na luz,
São as margens do tempo que corre aqui onde estamos,
E é inatingível o seu chão, de tão veloz
Que é o fluir da esperança grávida da morte.

Toda uma hora olhamos para as árvores.
O sol ficava à espera, em meio às pedras,

LES ARBRES / Nous regardions nos arbres, c'était du haut / De la terrasse qui nous fut chère, le soleil / Se tenait près de nous cette fois encore / Mais en retrait, hôte silencieux / Au seuil de la maison en ruines, que nous laissions / À son pouvoir, immense, illuminée. // Vois, te disais-je, il fait glisser contre la pierre / Inégale, incompréhensible, de notre appui / L'ombre de nos épaules confondues, / Celle des amandiers qui sont près de nous / Et celle même du haut des murs qui se mêle aux autres, / Trouée, barque brûlée, proue qui dérive, / Comme un surcroît de rêve ou de fumée. // Mais ces chênes là-bas sont immobiles, / Même leur ombre ne bouge pas, dans la lumière, / Ce sont les rives du temps qui coule ici où nous sommes, / Et leur sol est inabordable, tant est rapide / Le courant de l'espoir gros de la mort. // Nous regardâmes les arbres toute une heure. / Le soleil attendait, parmi les pierres,

Teve pena depois, e estendeu
Para eles, mais abaixo do barranco,
Nossas sombras que pareceram atingi-los
Como, estendendo o braço, pode-se tocar
Por vezes, na distância entre dois seres,
Um instante do sonho do outro, que vai sem fim.

Puis il eut compassion, il étendit / Vers eux, en contrebas dans le ravin, / Nos ombres qui parurent les atteindre / Comme, avançant le bras, on peut toucher / Parfois, dans la distance entre deux êtres, / Un instant du rêve de l'autre, qui va sans fin.

O GAVIÃO

Já faz muitos, muitos anos,
Em V.,
Vimos o tempo vir diante de nós
Que estávamos a olhar pela janela aberta
Do quarto acima da capela.
Era um gavião
Voltando ao ninho no oco da parede.
Segurava no bico uma serpente morta.
Quando nos viu
Deu um grito de cólera e de angústia pura
Mas sem largar a presa e, imóvel
Na luminosidade da alva,
Formou com ela o próprio signo
Do princípio, do meio e do fim.

E havia ali
No país de verão, bem rente ao céu,
Muitos vasos, cerrados; e de cada um
Erguia-se uma chama; e cada chama
Tinha uma cor outra, que soava,
Vapor ou sonho, ou mundo, sob a estrela.
Dir-se-ia uma faina de almas, esperadas
Num trapiche na ponta de uma ilha.

L'ÉPERVIER / Il y a nombre d'années, / À V., / Nous avons vu le temps venir au-devant de nous / Qui regardions par la fenêtre ouverte / De la chambre au-dessus de la chapelle. / C'était un épervier / Qui regagnait son nid au creux du mur. / Il tenait dans son bec un serpent mort. / Quand il nous vit / Il cria de colère et d'angoisse pure / Mais sans lâcher sa proie et, immobile / Dans la lumière de l'aube, / Il forma avec elle le signe même / Du début, du milieu et de la fin. // Et il y avait là / Dans le pays d'été, très près du ciel, / Nombre de vases, serrés; et de chacun / S'élevait une flamme; et de chaque flamme / La couleur était autre, qui bruissait, / Vapeur ou rêve, ou monde, sous l'étoile. / On eût dit d'un affairement d'âmes, attendues / À un appontement au bout d'une île.

Pensava estar ouvindo palavras, ou quase
(Quase, seja por falta ou por excesso
Da enferma potência da linguagem),
Passar, como se fosse um tremer do calor
No ar fosforescente que fazia uma
De todas essas cores de que algumas
Me pareciam, longe, ser desconhecidas.

Eu as tocava, elas não queimavam.
Eu estendia a mão, não, não pegava nada
Desses cachos de fruta outra que a luz.

Je croyais même entendre des mots, ou presque / (Presque, soit par défaut, soit par excès / De la puissance infirme du langage), / Passer, comme un frémissement de la chaleur / Dans l'air phosphorescent qui ne faisait qu'une / De toutes ces couleurs dont il me semblait / Que certaines, au loin, m'étaient inconnues. // Je les touchais, elles ne brûlaient pas. / J'y avançais la main, non, je ne prenais rien / De ces grappes d'un autre fruit que la lumière.

O ADEUS

Estamos de regresso à nossa origem.
Foi o lugar da evidência, mas rasgada.
As janelas mesclavam muitas luzes,
As escadas galgavam estrelas demais
Que são arcadas desabando, são entulhos,
O fogo parecia arder num outro mundo.

E agora voam pássaros de quarto em quarto,
Caíram as janelas, cobre-se o leito de pedras,
O lar cheio de escombros do céu a se apagarem.
Ali falávamos, à noite, em voz velada
Por causa dos rumores dos arcos, lá no entanto
Formávamos projetos: e uma barca,
Carregada de pedras rubras, se afastava
Irresistível de uma margem, e o olvido
Já deitava sua cinza sobre os sonhos
Que retomávamos sem fim, a povoar de imagens
O fogo que queimou até o último dia.

É certo, minha amiga,
Que há apenas um termo para designar
Na língua que chamamos de poesia
O sol do amanhecer e o da tarde,

L'ADIEU / Nous sommes revenus à notre origine. / Ce fut le lieu de l'évidence, mais déchirée. / Les fenêtres mêlaient trop de lumières, / Les escaliers gravissaient trop d'étoiles / Qui sont des arches qui s'effondrent, des gravats, / Le feu semblait brûler dans un autre monde. // Et maintenant des oiseaux volent de chambre en chambre, / Les volets sont tombés, le lit est couvert de pierres, / L'âtre plein de débris du ciel qui vont s'éteindre. / Là nous parlions, le soir, presque à voix basse / À cause des rumeurs des voûtes, là pourtant / Nous formions nos projets: mais une barque, / Chargée de pierres rouges, s'éloignait / Irrésistiblement d'une rive, et l'oubli / Posait déjà sa cendre sur les rêves / Que nous recommencions sans fin, peuplant d'images / Le feu qui a brûlé jusqu'au dernier jour. // Est-il vrai, mon amie, / Qu'il n'y a qu'un seul mot pour désigner / Dans la langue qu'on nomme la poésie / Le soleil du matin et celui du soir,

Um só o grito de júbilo e o grito de angústia,
Um só o deserto rio acima e as machadadas,
Um só o leito desfeito e o céu de tempestade,
Um só a criancinha a nascer e o deus morto?

Sim, creio, quero crer, mas que sombras são essas
Que consigo carregam o espelho?
E vê, a urze pega em meio às pedras
Na via de relva ainda mal aberta
Onde iam nossos passos às árvores novas.
Parece-me hoje, aqui, que a palavra
É esse cocho partido, de que se derrama
A cada alva de chuva a água inútil.

A relva e nela a água a brilhar como um rio.
Tudo está sempre a remalhar o mundo.
O paraíso é esparso, bem o sei,
É tarefa terrestre lhe reconhecer
As flores esparzidas pela relva pobre,
Mas desapareceu o anjo, uma luz
Que não foi de repente mais que o sol poente.

E como Adão e Eva nós caminharemos
Uma última vez pelo jardim.
Como Adão o primeiro remorso, como Eva
A primeira coragem vamos querer e não

Passar a porta baixa que se entreabre
Lá adiante, na outra ponta das cordas, colorida
Como de último raio, auguralmente.
O futuro acaso pega-se na origem
Como consente o céu a um espelho curvo,

Un seul le cri de joie et le cri d'angoisse, / Un seul l'amont désert et les coups de haches, / Un seul le lit défait et le ciel d'orage, / Un seul l'enfant qui naît et le dieu mort? // Oui, je le crois, je veux le croire, mais quelles sont / Ces ombres qui emportent le miroir? / Et vois, la ronce prend parmi les pierres / Sur la voie d'herbe encore mal frayée / Où se portaient nos pas vers les jeunes arbres. / Il me semble aujourd'hui, ici, que la parole / Est cette auge à demi brisée, dont se répand / À chaque aube de pluie l'eau inutile. // L'herbe et dans l'herbe l'eau qui brille, comme un fleuve. / Tout est toujours à remailler du monde. / Le paradis est épars, je le sais, / C'est la tâche terrestre d'en reconnaître / Les fleurs disséminées dans l'herbe pauvre, / Mais l'ange a disparu, une lumière / Qui ne fut plus soudain que soleil couchant. // Et comme Adam et Ève nous marcherons / Une dernière fois dans le jardin. / Comme Adam le premier regret, comme Ève le premier / Courage nous voudrons et ne voudrons pas // Franchir la porte basse qui s'entrouvre / Là-bas, à l'autre bout des longes, colorée / Comme auguralement d'un dernier rayon. / L'avenir se prend-il dans l'origine / Comme le ciel consent à un miroir courbe,

Poderemos colher daquela luz,
Que foi daqui o milagre, a semente nas mãos
Sombrias, para outras poças no segredo
De outros campos "barrados de pedras"?

Sim, o lugar para vencer, para vencer-nos, é aqui
De onde partimos, esta noite. Aqui sem fim
Tal como aquela água que escapa do cocho.

Pourrons-nous recueillir de cette lumière / Qui a été le miracle d'ici / La semence dans nos mains sombres, pour d'autres flaques / Au secret d'autres champs "barrés de pierres"? // Certes, le lieu pour vaincre, pour nous vaincre, c'est ici / Dont nous partons, ce soir. Ici sans fin / Comme cette eau qui s'échappe de l'auge.

O ESPELHO CURVO

I

Olha-os lá, naquela encruzilhada;
Parecem hesitar depois retomam
A estrada. À frente deles o menino corre,
A braçadas colheram para os poucos vasos
Pelo campo essas flores que nem nome têm.

E o anjo está lá encima, a observá-los
Envolto pelo vento de suas cores.
Tem um dos braços nu no pano rubro,
Parece que segura um espelho, e que a terra
Se reflete na água dessa outra margem.

E que designa agora, com o dedo
Que aponta nessa imagem um lugar?
Será outra casa ou será outro mundo,
Será mesmo uma porta, em meio à luz
Aqui mesclada às coisas e aos signos?

LE MIROIR COURBE / I / Regarde-les là-bas, à ce carrefour, / Qui semblent hésiter puis qui repartent. / L'enfant court devant eux, ils ont cueilli / En de grandes brassées pour les quelques vases / Ces fleurs d'à travers champs qui n'ont pas de nom. // Et l'ange est au-dessus, qui les observe / Enveloppé du vent de ses couleurs. / Un de ses bras est nu dans l'étoffe rouge, / On dirait qu'il tient un miroir, et que la terre / Se reflète dans l'eau de cette autre rive. // Et que désigne-t-il maintenant, du doigt / Qui pointe vers un lieu dans cette image? / Est-ce une autre maison ou un autre monde, / Est-ce même une porte, dans la lumière / Ici mêlée des choses et des signes?

II

Gostam de voltar tarde, assim. Já não distinguem
O caminho sequer por entre as pedras
De onde ainda brota uma sombra ocre-rubra.
Mas estão confiantes. Junto da soleira
A relva é fácil e não existe morte.

E ei-los agora embaixo das abóbadas.
Há escuridão ali no rumor dessas folhas
Secas, que o vento que não sabe move
Por sobre as lajes, de uma sala a outra,
O que tem nome e o que é apenas coisa.

Eles vão indo, vão. Além entre as ruínas,
É o país onde as margens são tranquilas,
Os caminhos imóveis. Pelos quartos
Irão dispondo as flores, junto ao espelho
Que consome talvez, e talvez salve.

II / Ils aiment rentrer tard, ainsi. Ils ne distinguent / Plus même le chemin parmi les pierres / D'où sourd encore une ombre d'ocre rouge. / Ils ont pourtant confiance. Près du seuil / L'herbe est facile et il n'est point de mort. // Et les voici maintenant sous des voûtes. / Il y fait noir dans la rumeur des feuilles / Sèches, que fait bouger sur le dallage / Le vent qui ne sait pas, de salle en salle, / Ce qui a nom et ce qui n'est que chose. // Ils vont, ils vont. Là-bas parmi les ruines, / C'est le pays où les rives sont calmes, / Les chemins immobiles. Dans les chambres / Ils placeront les fleurs, près du miroir / Qui peut-être consume, et peut-être sauve.

UMA PEDRA

Violento passou o verão nas salas frescas,
Tinha cegos os olhos, nus os flancos,
Ele gritou, e o apelo transtornou o sonho
Dos que ali dormiam no simples do dia.

Fremiram. Transformou-se o ritmo de seu sopro,
Suas mãos repousaram a taça do sono.
Já vinha o céu voltando sobre a terra,
Foi a borrasca das tardes de verão, no eterno.

UNE PIERRE / L'été passa violent dans les salles fraîches, / Ses yeux étaient aveugles, son flanc nu, / Il cria, et l'appel bouleversa le songe / De ceux qui dormaient là au simple de leur jour. // Ils frémirent. Changea le rythme de leur souffle, / Reposèrent leurs mains la coupe du sommeil. / Déjà le ciel venait à nouveau sur terre, / Ce fut l'orage des après-midi d'été, dans l'éternel.

A VOZ, QUE RETOMOU

"Vieste por precisar deste lugar,
Do lugar só, barranco, porta erguida
Acima do levante e do poente
Como passa uma barca de outro mundo,
Entra, eu te permito quase uma alta.

Vieste para, ao menos uma vez,
Ser senhor do limiar, forçar o peso
Da porta sobre os gonzos que dormem cravada,
E perturbar o sonho, ainda sabendo
Que todo limiar é sonho, e que esse ferro
É certamente o signo, e sem promessa,
Eu te permito a chave na pesada porta.

Vieste acaso para ouvir o eco
Dos malhos sob os arcos, porém já
Te afastando, descolorando, só notando
A luz em sonho, indo a descer
Olhos cheios de lágrimas para o céu
Que te acolhia de um terraço a outro
Entre as amendoeiras e os carvalhos claros,
Vê, eu te terei dado, retomando-a,
Uma terra natal, e outra coisa não há."

LA VOIX, QUI A REPRIS / "Es-tu venu par besoin de ce lieu, / De ce lieu seul, ravin, porte dressée / Au-dessus du levant et du couchant / Comme passe la barque d'un autre monde, / Entre, je te permets presque une halte. // Es-tu venu pour, au moins une fois, / Être maître du seuil, pousser le poids / De la porte cloutée sur ses gonds qui dorment, / Et déranger ce rêve, bien que sachant / Que tout seuil est un rêve, et que ce fer / Y est certes le signe, mais sans promesse, / Je te permets la clef dans la lourde porte. // Es-tu venu pour entendre l'écho / Des marteaux sous les voûtes, mais déjà / T'éloignant, te décolorant, ne percevant / La lumière qu'en rêve, descendant / Les yeux emplis de larmes vers le ciel / Qui t'accueillait de terrasse en terrasse / Parmi les amandiers et les chênes clairs, / Vois, je t'aurai donné, en la reprenant, / Une terre natale, et il n'est rien d'autre."

A VOZ AINDA

"E vinhas pela nuca reclinada
No alto, naquele quarto, não, no céu
De borrasca, e aquela mão na tua, e o grito
De esperança, alegria, então erguer os olhos
Para o cimo perfeito das montanhas
E contemplar, como nupcialmente,
A beleza, que parece augural, deste mundo
(Pois é lá, sob a estrela, que eu habito,
Minha palavra é esse gelo sob esse silêncio,
O limiar é lá, onde a penca de pedras
Amadurece além do espaço, iluminada),
— Permiti que bebesses dessa luz,
Dei-te a criança que designa a mim.

Pela brevidade da porta, vê
O pão queimar sobre a mesa.
Pelo pau pregado morto na porta, toma
A medida da noite que cobre a terra.
Pelo dilaceramento da cor,
Pelo gemer dos gonzos da porta, sente
Desmantelar-se no enigma do tempo
O ser do estar presente e da promessa.
A noite é pronta e grave a recair

LA VOIX ENCORE / "Et venais-tu pour la nuque ployée / Là-haut, dans cette chambre, non, dans le ciel / D'orage, et cette main dans la tienne, et le cri / D'espoir, de joie, puis relever les yeux / Vers la cime parfaite des montagnes / Et contempler, comme nuptialement, / La beauté, qui semble augurale, de ce monde / (Car c'est là, sous l'étoile, que je demeure, / Ma parole est ce givre sous ce silence, / Le seuil est là, où la grappe des pierres / Mûrit hors de l'espace, illuminée), / — Je t'ai permis de boire à cette lumière, / Je t'ai donné l'enfant qui me désigne. // Par la brièveté de la porte, vois / Le pain brûler sur la table. / Par le bois cloué mort dans la porte, prends / Mesure de la nuit qui couvre la terre. / Par le déchirement de la couleur, / Par le gémissement des gonds de la porte, sens / Se déjointer dans l'énigme du temps / L'être de la présence et de la promesse. / La nuit est prompte et lourde à retomber

No azul do exterior do mundo, cuja voz
Vai parecer-te enganadora, fazer mal,
E o grito da noite é acre no óleo
Dos gonzos de toda coisa: no entanto,
Esse peso do ferro sobre a pedra atesta
Corpos suando, curvos
Sobre o fazer misterioso e o sentido.

E vê, a pedra
Tem palavras infindas na relva do limiar,
E ali, no calor,
Aquilo que não tem paz é ainda a paz."

Sur le bleu du dehors du monde, dont la voix / Va te sembler trompeuse, te faire mal, / Et le cri de la nuit est âcre dans l'huile / Des gonds de toute chose: cependant, / Le poids même du fer sur la pierre témoigne / De corps suants, courbés / Sur le bâtir mystérieux et le sens. // Et vois, la pierre / A des mots infinis dans l'herbe du seuil, / Et là, dans la chaleur, / Ce qui n'a pas de paix est la paix encore."

II

PASSANDO JUNTO AO FOGO

Passava eu junto ao fogo na sala vazia
De janelas fechadas, luzes apagadas,

E vi que ainda queimava, e que estava mesmo
Nesse momento nesse ponto de equilíbrio
Entre as forças da cinza, da brasa em que a chama
Vai poder ser, conforme ela deseje,
Quer violenta quer suave nesse abraço
De quem ela atraiu sobre esse leito
Das ervas odorantes e do lenho morto.
Ele, é esse ângulo do galho que recolhi
Ontem, na chuva de verão tão viva de repente,
Ele parece um deus da Índia que está olhando
Com essa gravidade de um primeiro amor
Aquela que quer dele que a envolva
O raio que precede o universo.

Amanhã revolverei
A chama quase fria, e certamente
Vai ser um dia de verão como o céu tem
Para todos os rios, os do mundo
E os, escuros, do sangue. O homem, a mulher,
Quando sabem, a tempo,

II / PASSANT AUPRÈS DU FEU / Je passais près du feu dans la salle vide / Aux volets clos, aux lumières éteintes, // Et je vis qu'il brûlait encore, et qu'il était même / En cet instant à ce point d'équilibre / Entre les forces de la cendre, de la braise / Où la flamme va pouvoir être, à son désir, / Soit violente soit douce dans l'étreinte / De qui elle a séduit sur cette couche / Des herbes odorantes et du bois mort. / Lui, c'est cet angle de la branche que j'ai rentrée / Hier, dans la pluie d'été soudain si vive, / Il ressemble à un dieu de l'Inde qui regarde / Avec la gravité d'un premier amour / Celle qui veut de lui que l'enveloppe / La foudre qui précède l'univers. // Demain je remuerai / La flamme presque froide, et ce sera / Sans doute un jour d'été comme le ciel / En a pour tous les fleuves, ceux du monde / Et ceux, sombres, du sang. L'homme, la femme, / Quand savent-ils, à temps,

Que seu ardor se enlaça e desenlaça?
Que tino neles pode pressentir
Em uma hesitação da luz que o grito
De ventura se faz grito de angústia?

Fogo das madrugadas,
Respiração de dois seres a dormir.
Braço de um por sobre o ombro do outro.

E eu que vim
Abrir a sala, receber a luz,
Paro, sento-me ali, e vos contemplo,
Inocência dos membros distendidos,
Tempo de si tão rico que deixou de ser.

Que leur ardeur se noue ou se dénoue? / Quelle sagesse en eux peut pressentir / Dans une hésitation de la lumière / Que le cri de bonheur se fait cri d'angoisse? // Feu des matins, / Respiration de deux êtres qui dorment, / Le bras de l'un sur l'épaule de l'autre. // Et moi qui suis venu / Ouvrir la salle, accueillir la lumière, / Je m'arrête, je m'assieds là, je vous regarde, / Innocence des membres détendus, / Temps si riche de soi qu'il a cessé d'être.

O POÇO

Escutas a corrente a bater na parede
Quando o balde desce no poço que é a outra estrela,
Vésper às vezes, solitária estrela,
Fogo sem raio às vezes a esperar à alva
Que saiam o pastor e suas reses.

Mas sempre a água está presa, no fundo do poço,
A estrela fica sempre ali selada.
É possível ver sombras, sob os galhos,
São viajantes que de noite passam

Curvados, carregando às costas massa negra,
Hesitantes, diria, numa encruzilhada.
Uns parecem que esperam, outros se apagam
No faiscar que vai sem luz.

A viagem do homem, da mulher é longa, mais longa do que a vida,
É uma estrada no fim do caminho, um céu
Que se pensou ter visto brilhar entre as árvores.
Quando o balde toca a água, que o levanta,
É uma alegria, então a corrente o esmaga.

LE PUITS / Tu écoutes la chaîne heurter la paroi / Quand le seau descend dans le puits qui est l'autre étoile, / Parfois l'étoile du soir, celle qui vient seule, / Parfois le feu sans rayons qui attend à l'aube / Que le berger et les bêtes sortent. // Mais toujours l'eau est close, au fond du puits, / Toujours l'étoile y demeure scellée. / On y perçoit des ombres, sous des branches, / Ce sont des voyageurs qui passent de nuit // Courbés, le dos chargé d'une masse noire, / Hésitant, dirait-on, à un carrefour. / Certains semblent attendre, d'autres s'effacent / Dans l'étincellement qui va sans lumière. // Le voyage de l'homme, de la femme est long, plus long que la vie, / C'est une étoile au haut du chemin, un ciel / Qu'on a cru voir briller entre deux arbres. / Quand le seau touche l'eau, qui le soulève, / C'est une joie puis la chaîne l'accable.

O POÇO, AS URZES

Mas amamos os poços que velam distantes
Das estradas, pois nós perguntamos quem vem
A eles pela relva barrada de urzes,
Atraídos por esses domos de suas lousas
Acima das touceiras, no começo
Desse país que só conhece o eterno;
Quem para junto deles hoje ainda,
Quem os abre e se inclina, sobre um outro mundo.
Resiste o ferro enferrujado, faz barulho
Depois grande silêncio quando sobre a pedra
Recai o zinco que os dois céus separa.

E apenas é um instante de verão, o grilo
Retomou espantado, fora já da morte,
Seu canto que é matéria feita voz
E, talvez, também luz, mas para nada.
Percebeu que essas ervas repisadas,
Essas palavras, esperança, mais não foram
Do que ele é, ele (se é a palavra), entre as urzes
Que arranham nossos rostos mas não são
Mais que o nada a arranhar na luz o nada.

LE PUITS, LES RONCES / Mais nous aimons ces puits qui veillent loin des routes / Car nous nous demandons qui vient vers eux / Dans les herbes barrées de ronces, attirés / Par ces sortes de dômes que font leurs lauzes / Au-dessus des buissons, là où commence / Le pays qui ne sait que l'éternel; / Qui s'arrête auprès d'eux aujourd'hui encore, / Qui les ouvre et se penche, en un autre monde. / Le fer rouillé résiste, il fait grand bruit / Puis grand silence quand retombe sur la pierre / La tôle qui sépare les deux ciels. // Et ce n'est qu'un instant de l'été, le grillon / Effrayé a repris, hors de la mort, / Son chant qui est matière faite voix / Et, peut-être, lumière mais pour rien. / Il a perçu que ces froissements d'herbes, / Ces mots, cette espérance, ne furent pas / Plus qu'il n'est, lui (si c'est le mot), parmi les ronces / Qui griffent nos visages mais ne sont / Que le rien qui griffe le rien dans la lumière.

A RAPIDEZ DAS NUVENS

O leito, ali a vidraça, o vale, o céu,
A rapidez magnífica das nuvens.
Sobre a vidraça a garra da chuva, de súbito,
Como se o nada rubricasse o mundo.

Em meu sonho de ontem
O grão de anos passados ardia por chamas
Curtas no piso ladrilhado, sem calor.
Nossos pés o afastavam, nus, como água limpa.

Ó minha amiga,
Que pouca era a distância entre o teu corpo e o meu!
A lâmina da espada do tempo que ronda
Ali buscara em vão lugar para vencer.

LA RAPIDITÉ DES NUAGES / Le lit, la vitre auprès, la vallée, le ciel, / La magnifique rapidité de ces nuages. / La griffe de la pluie sur la vitre, soudain, / Comme si le néant paraphait le monde. // Dans mon rêve d'hier / Le grain d'autres années brûlait par flammes courtes / Sur le sol carrelé, mais sans chaleur. / Nos pieds nus l'écartaient comme une eau limpide. // Ô mon amie, / Comme était faible la distance entre nos corps! / La lame de l'épée du temps qui rôde / Y eût cherché en vain le lieu pour vaincre.

O RAIO

Choveu, durante a noite.
A trilha tem o cheiro da relva molhada.
Depois a mão, de novo, do calor
Em nossos ombros, como
Para dizer que o tempo nada vai tomar-nos.

Mas onde
O campo vai bater na amendoeira,
Vê, saltou uma fera
De ontem para hoje atravessando as folhas.

E nos detemos, é fora do mundo,

E eu me chego a ti
Termino de arrancar-te ao tronco enegrecido,
Ramo, verão tocado pelo raio
De que a seiva de ontem, divina ainda, escorre.

LA FOUDRE / Il a plu, cette nuit. / Le chemin a l'odeur de l'herbe mouillée, / Puis, à nouveau, la main de la chaleur / Sur notre épaule, comme / Pour dire que le temps ne va rien nous prendre. // Mais là / Où le champ vient buter contre l'amandier, / Vois, un fauve a bondi / D'hier à aujourd'hui à travers les feuilles. // Et nous nous arrêtons, c'est hors du monde, // Et je viens près de toi, / J'achève de t'arracher du tronc noirci, / Branche, été foudroyé / De quoi la sève d'hier, divine encore, coule.

A ORLA DO BOSQUE

I

Tu dizes-me que gostas da palavra *urze*,
E isso me dá a ocasião de te falar,
Sentindo em ti sem o saberes reviver
Ainda, aquele ardor que me foi toda a vida.

Mas nada posso responder: pois as palavras
Têm isto de cruel: elas recusam-se
Àqueles que as respeitam, amam pelo
Que poderiam ser, e não pelo que são.

E então me restam simplesmente imagens,
Ou seja, quase, enigmas, que fariam
Subitamente desviar-se, triste,
Teu olhar que só sabe a evidência.

É como quando chove de manhã, percebes,
E que se vai levantar o pano da água
Para arriscar-se ainda além da cor
No incógnito das poças e das sombras.

L'ORÉE DU BOIS / I / Tu me dis que tu aimes le mot *ronce*, / Et j'ai là l'occasion de te parler, / Sentant revivre en toi sans que tu le saches / Encore, cette ardeur qui fut toute ma vie. // Mais je ne puis rien te répondre: car les mots / Ont ceci de cruel qu'ils se refusent / À ceux qui les respectent et les aiment / Pour ce qu'ils pourraient être, non ce qu'ils sont. // Et ne me restent donc que des images, / Soit, presque, des énigmes, qui feraient / Que se détournerait, triste soudain, / Ton regard qui ne sait que l'évidence. // C'est comme quand il pleut le matin, vois-tu, / Et qu'on va soulever l'étoffe de l'eau / Pour se risquer plus loin que la couleur / Dans l'inconnu des flaques et des ombres.

II

E é de manhã, no entanto, nesta terra
Que me transtornou tanto e que tu amas.
Está dormindo a casa desses poucos dias,
E deslizamos tu e eu para o eterno.

E a água oculta na relva é ainda negra,
Mas o rocio recomeça o céu.
A borrasca da noite se acalmou, a nuvem
Pôs sua mão de fogo na mão de cinza.

II / Et pourtant, c'est bien l'aube, dans ce pays / Qui m'a bouleversé et que tu aimes. / La maison de ces quelques jours est endormie, / Nous nous sommes glissés dans l'éternel. // Et l'eau cachée dans l'herbe est encore noire, / Mais la rosée recommence le ciel. / L'orage de la nuit s'apaise, la nuée / A mis sa main de feu dans la main de cendre.

UMA PEDRA

Vem, vou dizer-te em voz baixa
Um menino, bem me lembro,
Imóvel como ficou
Distante das outras vidas.

Não se juntou de manhã
Aos que brincavam nas árvores
Multiplicando o universo,
Nem foi correndo na praia
Para a luz maior ainda.
Vê, ele continuou, no entanto,
Seu caminho ao pé da duna,
São prova as marcas de passos
Entre os espinhos e o mar.

E podes ver junto a eles
Encher-se da água que dobra
O céu, pegadas maiores
De companheira ignorada.

UNE PIERRE / Viens, que je te dise à voix basse / Un enfant dont je me souviens, / Immobile comme il resta / À distance des autres vies. // Il n'a pas rejoint au matin / Ceux qui jouaient dans les arbres / À multiplier l'univers, / Ni couru à travers la plage / Vers plus de lumière encore. / Vois, pourtant, il a continué / Son chemin au pied de la dune, / Des traces de pas en sont preuves / Entre les chardons et la mer. // Et près d'eux tu peux voir s'emplir / De l'eau qui double le ciel / L'empreinte des pas plus larges / D'une compagne inconnue.

A PALAVRA *URZE,* DIZES

A palavra *urze,* dizes? Eu me lembro
Dessas barcas soçobradas nos sargaços
Que as crianças arrastam nas manhãs de estio
Aos gritos de alegria nas poças negras

Pois há algumas, tu vês, onde ficam os restos
De um fogo que queimou na dianteira do mundo
— E nesses paus tisnados, onde o tempo deixa
O sal que se assemelha a um signo, mas se apaga,
Amarás também tu a água que brilha.

Do fogo a caminhar no mar a chama é breve,
Mas quando ela se extingue frente à vaga,
Irisações refulgem na fumaça.
A palavra *urze* é como o lenho que naufraga.

E poesia, se é dizível a palavra,
Não seria saber, lá onde a estrela
Pareceu conduzir a nada fora a morte,

Amar ainda a luz? Amar abrir
A amêndoa da ausência na palavra?

LE MOT *RONCE,* DIS-TU / Le mot ronce, dis-tu? Je me souviens / De ces barques échouées dans le varech / Que traînent les enfants les matins d'été / Avec des cris de joie dans les flaques noires // Car il en est, vois-tu, où demeure la trace / D'un feu qui y brûla à l'avant du monde / — Et sur le bois noirci, où le temps dépose / Le sel qui semble un signe mais s'efface, / Tu aimeras toi aussi l'eau qui brille. // Du feu qui va en mer la flamme est brève, / Mais quand elle s'éteint contre la vague, / Il y a des irisations dans la fumée. / Le mot *ronce* est semblable à ce bois qui sombre. // Et poésie, si ce mot est dicible, / N'est-ce pas de savoir, là où l'étoile / Parut conduire mais pour rien sinon la mort, // Aimer cette lumière encore? Aimer ouvrir / L'amande de l'absence dans la parole?

O GALHO

Galho que na beirada do bosque recolho
Mas para abandonar-te no fim do mundo,
Escondido entre as pedras, na guarida
Onde invisível inicia o outro caminho

(Porque todo terrestre instante é encruzilhada
Onde, findo o verão, vai nossa sombra
Para sua outra terra nas mesmas árvores,
E é raro que se venha retomar
Noutro ano o galho com o qual se curva
Todo um verão, sem tomar tento, a relva),

Galho, em ti penso agora, enquanto neva,
Eu te vejo apertado no não-senso
Dos raros nós do pau, lá onde a casca
Se escama, nesse inchaço de tuas forças sombrias,

E retorno, uma sombra sobre o solo branco,
Para teu sono que me vive na memória,
Apanho-te em teu sono que se esparze,
Sendo de água apenas que uma luz penetra.
Depois eu vou aonde sei que a terra
Se furta de repente, em meio às árvores,

LA BRANCHE / Branche que je ramasse à l'orée des bois / Mais pour t'abandonner à la fin du monde, / Cachée parmi des pierres, dans l'abri / Où commence invisible l'autre chemin // (Car tout instant terrestre est un carrefour / Où, quand l'été s'achève, va notre ombre / Vers son autre pays dans les mêmes arbres, / Et rarement est-on venu reprendre / Une autre année la branche dont on courbe / Tout un été, distraitement, les herbes), // Branche, je pense à toi maintenant qu'il neige, / Je te vois resserrée sur le non-sens / Des quelques nœuds du bois, là où l'écorce / S'écaille, au gonflement de tes forces sombres, // Et je reviens, une ombre sur le sol blanc, / Vers ton sommeil qui hante ma mémoire, / Je te prends à ton rêve qui s'éparpille, / N'étant que d'eau pénétrée de lumière. / Puis je vais là où je sais que la terre / Se dérobe d'un coup, parmi les arbres,

E atiro-te tão longe quanto posso,
E escuto-te saltar de pedra em pedra.

(Não, te quero
Todo um momento ainda. Eu vou, eu tomo
O terceiro caminho, que eu via
Perder-se pela relva, sem saber
Por que eu não penetrava nessas brenhas
Por certo escuras, mudas de gorjeios nas folhagens.
Vou indo, logo chego a uma casa
Onde outrora vivi mas cuja via
Se perdera tal como, quando a vida passa,
Palavras se proferem, sem que se dê conta,
Pela última vez dentro do eterno.
Um fogo arde, numa de suas salas ermas sempre,
Eu o escuto a buscar dentro do espelho
Do braseiro esse ramo da luz, tal
Como o deus que acredita estar criando
A vida, o espírito, na noite cujos nós
São apertados, infinitos, labirínticos.

Depois te pouso, docemente, na cama de chamas,
Eu te vejo abrasar-te no teu sono,
Inclino-me, seguro longamente ainda
Tua mão, que é a infância que se acaba.)

Et je te jette aussi loin que je peux, / Je t'écoute qui rebondit de pierre en pierre. // (Non, je te veux / Tout un moment encore. Je vais, je prends / Le troisième chemin, que je voyais / Se perdre dans les herbes, sans que je sache / Pourquoi je n'entrais pas dans ses fourrés / Certes sombres, certes sans voix d'oiseaux dans les feuillages. / Je vais, je suis bientôt dans une maison / Où j'ai vécu jadis mais dont la voie / S'était perdue comme, quand la vie passe, / Des mots sont dits, sans qu'on s'en aperçoive, / Pour la dernière fois dans l'éternel. / Un feu brûle, dans une de ses salles toujours désertes, / Je l'écoute qui cherche dans le miroir / Des braises le rameau de la lumière, / Ainsi le dieu qui croit qu'il va créer / L'esprit, la vie, dans la nuit dont les nœuds / Sont serrés, infinis, labyrinthiques. // Puis je te pose, doucement, sur le lit des flammes, / Je te vois qui t'embrases dans ton sommeil, / Je suis penché, je tiens longtemps encore / Ta main, qui est l'enfance qui s'achève.)

SOBRE GALHOS CARREGADOS DE NEVE

I

De um a outro galho nevoso, desses anos
Passados sem que vento algum lhes turbe as folhas,
Dão-se esparramamentos da luz em momentos,
À medida que vamos avançando no silêncio.

E essa poeira cai apenas infinita,
Já não sabemos bem se um mundo existe
Ainda, ou recolhemos nas nossas mãos molhadas
Um cristal de realidade inteiramente pura.

Cores mais densas com o frio, azuis e púrpura
A chamar de mais longe do que o fruto,
Sois nosso sonho acaso que se afasta
Menos do que se faz a presciência e a via?

O próprio céu tem mesmo aquelas nuvens
Cuja evidência é filha da neve,
E se nós nos voltamos para a estrada branca,
É a mesma luz e é a mesma paz.

SUR DES BRANCHES CHARGÉES DE NEIGE / I / D'une branche neigeuse à l'autre, de ces années / Qui ont passé sans qu'aucun vent n'effraie leurs feuilles, / Se font des éparpillements de la lumière / À des moments, comme nous avançons dans ce silence. // Et cette poudre ne retombe qu'infinie, / Nous ne savons plus bien si un monde existe / Encore, ou si nous recueillons sur nos mains mouillées / Un cristal de réalité parfaitement pure. // Couleurs avec le froid plus denses, bleus et pourpres / Qui appelez de plus loin que le fruit, / Êtes-vous notre rêve qui moins s'efface / Qu'il ne se fait la prescience et la voie? // Le ciel a bien lui-même ces nuées / Dont l'évidence est fille de la neige, / Et si nous nous tournons vers la route blanche, / C'est la même lumière et la même paix.

II

Salvo que o mundo, na verdade, tem apenas
Imagens como as flores que furam a neve
Em março, e se esparramam, enfeitadas,
Em nosso devaneio de um dia de festa,

E que a gente se inclina ali para levar
Braçadas da alegria sua em nossa vida,
Logo ei-las mortas, não tanto na sombra
De sua cor fanada quanto em nosso peito.

Árdua é a beleza, um enigma quase,
E sempre a retomar o aprendizado
Do seu real sentido pelo campo em flor
Aqui e ali coberto por placas de neve.

II / Sauf, c'est vrai, que le monde n'a d'images / Que semblables aux fleurs qui trouent la neige / En mars, puis se répandent, toutes parées, / Dans notre rêverie d'un jour de fête, // Et qu'on se penche là, pour emporter / Des brassées de leur joie dans notre vie, / Bientôt les voici mortes, non tant dans l'ombre / De leur couleur fanée que dans nos cœurs. // Ardue est la beauté, presque une énigme, / Et toujours à recommencer l'apprentissage / De son vrai sens au flanc du pré en fleurs / Que couvrent par endroits des plaques de neige.

A NEVE

Ela chegou de bem mais longe que as estradas,
Ela tocou o campo, o ocre das flores,
Com essa mão que escreve com fumaça,
Ela ao tempo venceu pelo silêncio.

A luz é mais intensa nesta tarde
Devido à neve.
Parece até que as folhas ardem, frente à porta,
E a lenha recolhida está com água.

LA NEIGE / Elle est venue de plus loin que les routes, / Elle a touché le pré, l'ocre des fleurs, / De cette main qui écrit en fumée, / Elle a vaincu le temps par le silence. // Davantage de lumière ce soir / À cause de la neige. / On dirait que des feuilles brûlent, devant la porte; / Et il y a de l'eau dans le bois qu'on rentre.

III

POR ONDE A TERRA FINDA

I

Pois que é ao cair da noite que alça voo o pássaro de Minerva, este é o momento de falar de vós, caminhos que vos apagais desta terra vítima.

Fostes a evidência, já não sois nada mais do que o enigma. Inscrevíeis o tempo na eternidade, agora já não sois senão passado, por onde a terra finda, ali, diante de nós, como uma borda abrupta de falésia.

III / PAR OÙ LA TERRE FINIT / I / Puisque c'est à la tombée de la nuit que prend son vol l'oiseau de Minerve, c'est le moment de parler de vous, chemins qui vous effacez de cette terre victime. // Vous avez été l'évidence, vous n'êtes plus que l'énigme. Vous inscriviez le temps dans l'éternité, vous n'êtes que du passé maintenant, par où la terre finit, là, devant nous, comme un bord abrupt de falaise.

II

Uma sombra de folha ou de flor se projetava numa pedra, a gente ao lado se sentava, passava a ser pintor chinês com um pouco de tinta colorida a misturar na preta.

Era o infinito a transformar-se no finito, como no território dos bichos. O que partia sabia voltar. Feliz o tempo em que, quando um caminho se perdia, sabia-se que era por não haver razão para se ir adiante, deste lado do fim do mundo.

II / Une ombre de feuille ou de fleur se projetait sur une pierre, on s'asseyait à côté, on se retrouvait peintre chinois avec un peu de couleur à mêler à de l'encre noire. // C'était l'infini qui se faisait le fini, comme dans le territoire des bêtes. Ce qui partait savait revenir. Heureux le temps où, quand un chemin se perdait, on savait que c'était parce qu'il n'y avait pas de raison d'aller plus avant, de ce côté-ci de la fin du monde.

III

Tal que caminhava ao mesmo passo que o riacho perto e se mesclava a ele em pontos que não se sabe bem se vaus ou poças, na luz quebrada dos mosquitos e libélulas.

Tal que galgara um aclive entre os pinheiros e os pequenos carvalhos depois desembocava a descoberto diante de todo um caos de outeiros cobertos de bosques, alguns barrados até o horizonte de linhas de pedra nua.

E aquele outro, lá adiante, — sonhava-se que era um lago que se acabaria por alcançar, haveria entre o capim, abandonada, fazendo água, uma barca pintada de azul.

III / Tel qui allait du même pas que le ruisseau proche et se mêlait à lui en des points on ne savait guère si gués au flaques, dans la lumière brisée des moucherons et des libellules. // Tel qui avait gravi une pente parmi les pins et les petits chênes puis débouchait à découvert devant tout un chaos de tertres boisés, certains barrés jusqu'à l'horizon de lignes de pierre nue. // Et cet autre, là-bas, — on rêvait que c'était un lac qu'on finirait par atteindre, il y aurait dans les herbes, abandonnée, faisant eau, une barque peinte de bleu.

IV

Tal que se esgueirava como cobra por debaixo das folhas de outro ano.

Há um minuto ele não era. Dentro de um instante, não mais seria.

IV / Tel qui se faufilait comme une couleuvre sous les feuilles d'une autre année. // Il y a une minute, il n'était pas. Dans un instant, il ne serait plus.

V

Tal acorria, nos seguia. A gente se apanhava a querer dar-lhe um nome.

Fora tomado de amizade pela menina. Pelos oito anos daquele ano; e gania sem fim em torno dela, em grandes saltos e mais saltos de relva molhada.

Dormindo às vezes todo o dia, com o nariz numa dobra de sombra.

V / Tel accourait, nous suivait. On se prenait à vouloir lui donner un nom. / Il s'était pris d'amitié pour la petite fille. Pour les huit ans de cette année-là; et jappait sans fin autour d'elle, à grands bonds et rebonds d'herbe mouillée. // Dormant parfois tout un jour, le nez dans un repli d'ombre.

VI

Budistas sem o saber.

E principalmente não "uma via". Deixavam isso para a nossa gnose.

Tentando mesmo reter, ironicamente, o peregrino.

Bela imagem deles esses pequenos deuses do Japão que são vistos junto das aldeias, estátuas toscas de pedra cinza que trazem um pano amarrado ao pescoço diante de algumas oferendas como se fossem crianças que vão comer seu ovo quente. Seu lugar de culto, entre nós: esses oratórios cuja grade enferrujada já não fecha mais, onde se nota de passagem, meio seca, a adoração cheirosa de flores misturadas a folhas.

VI / Bouddhistes sans le savoir. // Et surtout pas "une voie". Ils laissaient cela à notre gnose. // Essayant même de retenir, ironiquement, le pèlerin. // Belle image d'eux ces petits dieux du Japon qu'on voit auprès des villages, statues frustes de pierre grise qui ont une étoffe attachée au cou devant les quelques offrandes comme s'ils étaient des enfants qui vont manger leur œuf à la coque. Leur lieu de culte, chez nous: ces oratoires dont la grille rouillée ne ferme plus, où l'on perçoit au passage, demi-séchée, l'adoration odorante de fleurs mêlées à des feuilles.

VII

Passando por exemplo diante dos velhos cemitérios cujos portões são mantidos fechados por um nó informe de arame; e propondo desatá-lo, pacientemente, entrar; decifrar alguns nomes, nas pedras cobertas de mato; ir embora sem inquietação ou pressa.

Depois continuar até as alturas onde ficava outrora a vila, lembrada apenas, no rochedo, por algumas ruínas desabadas pelo meio das urzes; e avançar, com precaução, rumo ao ponto de onde se dominam os dois vales, que têm cada um luz diferente. "Observa, diz o gênio dos caminhos, aquele sítio de que restam apenas as paredes sem telhado, retendo sombras muito negras. Observa, para esquecer."

VII / Passant par exemple devant les vieux cimetières dont les portes sont gardées closes par un nœud informe de fil de fer; et proposant de le dénouer, patiemment, d'entrer; de déchiffrer quelques noms, sur les pierres couvertes d'herbe; de repartir sans inquiétude ni hâte. // Puis de continuer jusque sur la hauteur où fut autrefois le village, que rappellent dans le rocher quelques éboulis dans les ronces; et d'avancer, avec précaution, vers le point d'où l'on domine les deux vallées, dont les lumières sont différentes. "Remarque, dit le génie des chemins, cette ferme là-bas dont il ne reste plus que les murailles sans toit, retenant des ombres très noires. Remarque, pour oublier."

VIII

E aonde ia aquele outro ainda, era sem alegria, sem beleza, a gente chafurdava, perdia-se na bruma, mas, para terminar, dos dois tocos de céu juntados no borralho da subida que termina, brotava um lampejo, o céu da noite.

(Mas não há caminhos para descer à morada dos mortos, em que pese o que diz Racine. Em termos de alma, eis a semente que voa, o fio da Virgem, o mosquito. A entrada no país dos mortos se dá como está dito na lenda céltica, por uma estrada reta, ladeada de albergues que ficam abertos a noite toda. Estrada como aquilo que se tem de tomar, de repente mais largo e rápido, cada vez que se vai chegando a uma fronteira.)

VIII / Et où allait cet autre encore, c'était sans joie, sans beauté, on pataugeait, on se perdait dans la brume, mais pour finir, de deux souches de ciel rapprochées dans l'âtre de la montée qui s'achève jaillissait un rayon, le soleil du soir. // (Mais il n'est pas de chemins pour descendre chez les morts, malgré ce que dit Racine. En fait d'âmes, voici la graine qui vole, le fil de la Vierge, le moucheron. L'entrée au pays des morts se fait comme il est dit dans la légende celtique, par une route droite, bordée de ces auberges qui sont ouvertes toute la nuit. Route comme ce qu'il faut bien emprunter, soudain plus large et rapide, chaque fois qu'on approche d'une frontière.)

IX

Um que segurava uma taça, onde brilhava o vinho do céu calmo.

Um que ia, dir-se-ia, *beyond the river and into the trees*. Um que era a nossa via láctea.

E havia ainda um outro, mais largo, e que gostava de acolher nossas sombras sobre sua areia, que era lisa. Elas corriam bem adiante de nós pois a noite caía, e as sentíamos agitadas, inquietas. Mas a sombra de um pássaro as tocava por vezes e as acompanhava um instante, antes de se afastar com um golpe brusco de seu remo.

IX / Un qui tenait une coupe, où brillait le vin du ciel calme. // Un qui allait, eût-on dit, *beyond the river and into the trees*. Un qui était notre voie lactée. // Et il y en avait un encore plus large, et qui aimait accueillir nos ombres sur son sable, qui était lisse. Elles couraient loin en avant de nous car c'était le soir, et nous les sentions agitées, inquiètes. Mais l'ombre d'un oiseau les touchait parfois et les accompagnait un instant, avant de s'en écarter d'un brusque coup de sa rame.

X

Caminhos,
Não, nos vossos rumores não é que nada acaba.
Vós sois uma criança que tocando a flauta
Recria o mundo com os dedos confiantes
De só um pouco de terra onde se toma o fôlego.

E o tempo descansou
A mão sobre o seu ombro, e cego deixa-se
Conduzir sob a abóbada dos números puros.

X / Chemins, / Non, ce n'est pas dans vos rumeurs que rien s'achève. / Vous êtes un enfant qui joue de la flûte / Et dont les doigts confiants recréent le monde / De rien qu'un peu de terre où se prend le souffle. // Et le temps a posé / Sa main sur son épaule, et se laisse aveugle / Conduire sous la voûte des nombres purs.

LÁ ONDE CAVA O VENTO

I

Dizem que um deus buscou
Nas águas presas
Como um rapace quer
A presa ao longe

E com grito insistente,
Rouco, deserto,
Criou o tempo que brilha
Onde a vaga se cava.

A noite cobre o dia
Depois se vai,
Sua espuma arrebenta
Sobre as pedras d'aqui.

Por que é que Deus, se só
Tem o tempo por obra,
Quis um dia morrer
Por não poder nascer?

Em vão foi seu combate
Frente à ausência
Ele lançou a rede,
Ela empunhou o gládio.

LÀ OÙ CREUSE LE VENT / I / On dit qu'un dieu chercha / Sur les eaux closes / Comme un rapace veut / Sa proie lointaine // Et d'un cri répété, / Rauque, désert, / Créa le temps qui brille / Où la vague se creuse. // La nuit couvre le jour / Puis se retire, / Son écume déferle / Sur les pierres d'ici. // Qu'est-ce que Dieu, s'il n'a / Que le temps pour œuvre, / A-t-il voulu mourir / Faute de pouvoir naître? // En vain fut son combat / Contre l'absence. / Il jeta le filet, / Elle tint le glaive.

II

Mas lá mora o relâmpago
Acima do mundo
Como num vau, buscando
De pedra em pedra.

Não teria a beleza
Sido mais que um sonho,
O rosto, olhos fechados,
Da luz?

Não, pois que tem reflexo
Em nós, e é a chama
Que na água do pau morto
Se banha nua.

É o corpo exaltado
Por um espelho
Qual fogo pega, súbito,
Num círculo de pedras.

E a palavra alegria
Tem sentido apesar
Da morte lá onde o vento
Cava essas brasas claras.

III

Empáfia dos dias
Que vão para a alva
Por ofuscamentos
No céu noturno.

II / Mais demeure l'éclair / Au-dessus du monde / Comme à un gué, cherchant / De pierre en pierre. // Est-ce que la beauté / N'a été qu'un rêve, / Le visage aux yeux clos / De la lumière? // Non, puisqu'elle a reflet / En nous, et c'est la flamme / Qui dans l'eau du bois mort / Se baigne nue. // C'est le corps exalté / Par un miroir / Comme un feu prend, soudain, / Dans un cercle de pierres. // Et a sens le mot joie / Malgré la mort / Là où creuse le vent / Ces braises claires. // III / Suffisance des jours / Qui vont vers l'aube / Par éblouissements / Dans le ciel nocturne.

O gládio, a rede
Não são mais que uma
Mão, que aperta em paz
A nuca breve.

A alma é, iluminada,
Qual nadador
Que se lança, de chofre,
Por sob a luz.

Tem os olhos fechados,
O corpo nu,
Sua boca quer o sal,
Não a linguagem.

Le glaive, le filet / Ne sont plus qu'une / Main, qui étreint en paix / La nuque brève. // L'âme est, illuminée, / Comme un nageur / Qui se jette, d'un coup, / Sous la lumière // Et ses yeux sont fermés, / Son corps est nu, / Sa bouche veut le sel, / Non le langage.

DEDHAM, VISTO DE LANGHAM

I

Dedham, visto de Langham. O verão
Escurece onde as nuvens se juntam. Seria
Possível crer que tudo, sebes, vilas longe,
Rio, vai terminar. Que a terra não é nem
A eternidade do arvoredo, nem dos bichos,
E que esse som de sinos, que deixou
A torre dessa igreja, se dissipa,
Ruído apenas entre os ruídos terrestres,
Como a esperança que se tem às vezes
De ter notado signos sobre pedras
Cai, ao se verem melhor os traços em desordem,
Aquelas manchas, sustos da coisa nua.

Mas soubeste mesclar à tua cor
Uma espécie de areia que do céu
Acolhe o brilho dentro da matéria.
Onde havia o acaso que falava
No desabar de encostas, e nas nuvens,
Venceste, com um início de música,
A forma que se enclaustra em toda vida.

Escutas o ruído de abelhas das coisas claras,
Às vezes seu inflar, esse absoluto
Que vibra em meio às sombras pelo campo,

DEDHAM, VU DE LANGHAM / Dedham, vu de Langham. L'été est sombre / Où des nuages se rassemblent. On pourrait croire / Que tout cela, haies, villages au loin, / Rivière, va finir. Que la terre n'est pas / Même l'éternité des bêtes, des arbres, / Et que ce son de cloches, qui a quitté / La tour de cette église, se dissipe, / Bruit simplement parmi les bruits terrestres, / Comme l'espoir que l'on a quelquefois / D'avoir perçu des signes sur des pierres / Tombe, dès qu'on voit mieux ces traits en désordre, / Ces taches, ces sursauts de la chose nue. // Mais tu as su mêler à ta couleur / Une sorte de sable qui du ciel / Accueille l'étincellement dans la matière. / Là où c'était le hasard qui parlait / Dans les éboulements, dans les nuées, / Tu as vaincu, d'un début de musique, / La forme qui se clôt dans toute vie. // Tu écoutes le bruit d'abeilles des choses claires, / Son gonflement parfois, cet absolu / Qui vibre dans le pré parmi les ombres,

E deixas que ele viva em ti, e te alivias
Por já não seres pressa nem temor.

Ó pintor,
Qual mão que aperta a uva, mão divina,
De ti depende o vinho; de ti, que não seja
A luz aquela garra que lacera
Toda forma e esperança, mas uma alegria
Nas taças mesmo negras em dia de festa.
Pintor de paisagem, tua mão
Fez com que o céu parasse sobre o mundo
Como o anjo sobre Agar quando ela ia,
De coração vazio, no dédalo da pedra.

E quanta plenitude há no ruído,
Quando o queres, do riacho que na relva
Recolheu o murmúrio dos sinos,
E quanta eternidade se dá no perfume
Da flor mais simplesinha! É assim como
Se a terra desejasse o que o espírito sonha.

E a menininha que em sonho vem
Brincar nos campos de Langham, e olha

Por vezes na distância esse Dedham, indaga
Se não seria lá que devera viver,
Colhe por nada a flor que ela respira
E a joga então, e esquece; mas no eterno
Verão nunca se enrugam
As águas desta vida nem desta morte.

Et tu le laisses vivre en toi, et tu t'allèges / De n'être plus ainsi hâte ni peur. // O peintre, / Comme une main presse une grappe, main divine, / De toi dépend le vin; de toi, que la lumière / Ne soit pas cette griffe qui déchire / Toute forme, toute espérance, mais une joie / Dans les coupes même noircies du jour de fête. / Peintre de paysage, grâce à toi / Le ciel s'est arrêté au-dessus du monde / Comme l'ange au-dessus d'Agar quand elle allait, / Le cœur vide, dans le dédale de la pierre. // Et que de plénitude est dans le bruit, / Quand tu le veux, du ruisseau qui dans l'herbe / A recueilli le murmure des cloches, / Et que d'éternité se donne dans l'odeur / De la fleur la plus simple! C'est comme si / La terre voulait bien ce que l'esprit rêve. // Et la petite fille qui vient en rêve / Jouer dans la prairie de Langham, et regarde // Quelquefois ce Dedham au loin, et se demande / Si ce n'est pas là-bas qu'il faudrait vivre, / Cueille pour rien la fleur qu'elle respire / Puis la jette et l'oublie; mais ne se rident / Dans l'éternel été / Les eaux de cette vie ni de cette mort.

II

Pintor,
Logo ao te conhecer em ti eu confiei:
Por mais que sonhes sempre os olhos tens abertos
E na imagem arriscas o teu pensamento
Como alguém que mergulha na água a mão, o fruto
Tomas da cor, da forma esfaceladas,
Pões-no real em meio às coisas ditas.

Pintor,
Honro as tuas jornadas, que são nada
Além da faina desta terra, liberada
Das pressas que a cegam. Nada além
Da estrada mas ao longe lenta na poeira.
Nada além da cimeira
Das montanhas daqui mas, um instante,

Livre do espaço. Nada além do azul
Da água vinda do poço no verde da relva
Mas para a conjunção, a metamorfose
E em que a planta de outro mundo sobe,
Palmas, cachos de frutas cerrados ainda,
No acorde de dois tons, nossa única vida,
Pintas, são cinco horas nesse eterno
Do dia de verão. E uma chama
Que ardia pelo mundo se destaca
Das coisas e dos sonhos, transmudada.
Dir-se-ia restar só um vapor
Na parede de vidro.

Pintor,
A estrela dos teus quadros é aquela a mais

II / Peintre, / Dès que je t'ai connu je t'ai fait confiance, / Car tu as beau rêver tes yeux sont ouverts / Et risques-tu ta pensée dans l'image / Comme on trempe la main dans l'eau, tu prends le fruit / De la couleur, de la forme brisées, / Tu le poses réel parmi les choses dites. // Peintre, / J'honore tes journées, qui ne sont rien / Que la tâche terrestre, délivrée / Des hâtes qui l'aveuglent. Rien que la route / Mais plus lente là-bas dans la poussière. / Rien que la cime / Des montagnes d'ici mais dégagée, Un instant, // de l'espace. Rien que le bleu / De l'eau prise du puits dans le vert de l'herbe / Mais pour la conjonction, la métamorphose / Et que monte la plante d'un autre monde, / Palmes, grappes de fruits serrées encore, / Dans l'accord de deux tons, notre unique vie. / Tu peins, il est cinq heures dans l'éternel / De la journée d'été. Et une flamme / Qui brûlait par le monde se détache / Des choses et des rêves, transmutée. / On dirait qu'il ne reste qu'une buée / Sur la paroi de verre. // Peintre, / L'étoile de tes tableaux est celle en plus

Do infinito que em vão povoa os mundos.
Ela conduz as coisas ao seu lugar certo,
Envolve-lhes ali de luz o dorso,
Mais tarde,
Quando a mão do exterior lacera a imagem,
Mancha de sangue a imagem,
Ela sabe reunir seu tímido cortejo
Para o pisotear de noite, em solo nu.

E algumas vezes,
No espelho turvo da hora derradeira,

Ela sabe extrair, dizem, como uma mão
Limpa a vidraça onde brilhou a chuva,
Umas figuras simples, alguns signos
Para além das palavras a brilhar,
Indecifráveis na lembrança imóvel.
Formas redesenhadas, cores novas
No horizonte que fecha a linguagem;
É assim como se o raio que batesse
Suspendesse, ao mesmo instante, quase eterno,
De espada nua o gesto e, como que surpreso,
Redescobrisse esse país da infância,
Seguindo-lhe os caminhos; e, a cismar, tocasse
Os objetos perdidos na memória, as roupas
Em vetustos armários, dois ou três
Brinquedos misteriosos da primeira
Alegria divina. Ela, a morte,
Desfaz o tempo que caminha o mundo,
Mostra o muro que o sol poente aclara,
E leva em torno à casa até a latada

De l'infini qui peuple en vain les mondes. / Elle guide les choses vers leur vraie place, / Elle enveloppe là leur dos de lumière, / Plus tard, / Quand la main du dehors déchire l'image, / Tache de sang l'image, / Elle sait rassembler leur troupe craintive / Pour le piétinement de nuit, sur un sol nu. // Et quelquefois, / Dans le miroir brouillé de la dernière heure, // Elle sait dégager, dit-on, comme une main / Essuie la vitre où a brillé la pluie, / Quelques figures simples, quelques signes / Qui brillent au-delà des mots, indéchiffrables / Dans l'immobilité du souvenir. / Formes redessinées, recolorées / A l'horizon qui ferme le langage, / C'est comme si la foudre qui frappait / Suspendait, dans le même instant, presque éternel, / Son geste d'épée nue, et comme surprise / Redécouvrait le pays de l'enfance, / Parcourant ses chemins; et, pensive, touchait / Les objets oubliés, les vêtements / Dans de vieilles armoires, les deux ou trois / Jouets mystérieux de sa première / Allégresse divine. Elle, la mort, / Elle défait le temps qui va le monde, / Montre le mur qu'éclaire le couchant, / Et mène autour de la maison vers la tonnelle

A oferecer — felicidade aqui! — na hora breve
As frutas, os reflexos, as vozes, rumores,
O vinho leve em nada além da luz.

Pour offrir, à bonheur ici, dans l'heure brève, / Les fruits, les voix, les reflets, les rumeurs, / Le vin léger dans rien que la lumière.

IV

PSIQUÊ DIANTE DO CASTELO DE AMOR

Ele sonhou que abria os olhos, sobre sóis
Que vinham junto ao porto, silenciosos
Ainda, extintos fogos; mas reflexos na água
Cinza de sombra onde explodia a cor futura.

Depois ele acordou. O que seria a luz?
O que é pintar aqui, de noite? Carregar
O azul daqui, os ocres, os vermelhos todos,
Não seria isso morte mais que antes?

Pintou então o porto mas o fez em ruínas,
Ouvia-se bater no flanco da beleza
A água e crianças a gritar nos quartos ermos,
As estrelas brilhavam no meio das pedras.

Mas seu último quadro, apenas um esboço,
Parece ser Psiquê, que, retornando,
Em prantos desabou ou cantarola, na relva
Que se enreda ao limiar do castelo de Amor.

IV

PSYCHÉ DEVANT LE CHÂTEAU D'AMOUR / Il rêva qu'il ouvrait les yeux, sur des soleils / Qui approchaient du port, silencieux / Encore, feux éteints; mais doublés dans l'eau grise / D'une ombre où foisonnait la future couleur. // Puis il se réveilla. Qu'est-ce que la lumière? / Qu'est-ce que peindre ici, de nuit? Intensifier / Le bleu d'ici, les ocres, tous les rouges, / N'est-ce pas de la mort plus encore qu'avant? // Il peignit donc le port mais le fit en ruine, / On entendait l'eau battre au flanc de la beauté / Et crier des enfants dans des chambres closes, / Les étoiles étincelaient parmi les pierres. // Mais son dernier tableau, rien qu'une ébauche, / Il semble que ce soit Psyché qui, revenue, / S'est écroulée en pleurs ou chantonne, dans l'herbe / Qui s'enchevêtre au seuil du château d'Amour.

O ALTO DO MUNDO

I

Eu saio,
Há milhares de pedras pelo céu,
Eu ouço
De toda parte o ruído da noite crescente.
Será verdade, amigos,
Que estrela alguma se move?

Será verdade
Que barca alguma dessas no entanto lotadas
De algo assim como mais do que a simples matéria
E que parecem dirigidas a um só polo
Não frema de repente, não se afaste
Da massa das demais deixada obscura?

Será verdade
Que face alguma dessas de olhos fechados
Que sorriem na proa do mundo na alegria
Do corpo entregue a nada que não sua luz
Vá despertando, escute? escute ao longe
Um grito só de amor, não de desejo?

LE HAUT DU MONDE / I / Je sors, / Il y a des milliers de pierres dans le ciel, / J'entends / De toute part le bruit de la nuit en crue. / Est-il vrai, mes amis, / Qu'aucune étoile ne bouge? // Est-il vrai / Qu'aucune de ces barques pourtant chargées / D'on dirait plus que la simple matière / Et qui semblent tournées vers un même pôle / Ne frémisse soudain, ne se détache / De la masse des autres laissée obscure? // Est-il vrai / Qu'aucune de ces figures aux yeux clos / Qui sourient à la proue du monde dans la joie / Du corps qui vaque à rien que sa lumière / Ne s'éveille, n'écoute? N'entende au loin / Un cri qui soit d'amour, non de désir?

II

Ela abriria sem ruído,
Ela se arriscaria no vento do mar
Tal qual mocinha que sai pela noite
Erguendo uma lanterna a espalhar
A sua claridade, que também a espanta,
Sobre os seus ombros, volta-se, e o mundo vai
Sem resposta, o ruído dos passos de quem
Devera abrir a porta sob as árvores,
E acatá-la, no vale ainda não soa.

As coisas são, no entanto, tão confiantes,
Tão complacente o cordeirinho à mão que o mata,

E os olhares são por vezes tão intensos,
As vozes se perturbam tão misteriosas ao se pronunciarem
Certas palavras pra amanhã, ou no segredo
Das febres e das invitações da noite.
Será verdade serem as palavras sem promessa,
Clarão imenso em vão,

Cofre tão luzidio mas cheio de cinzas?

II / Elle ouvrirait, sans bruit, / Elle se risquerait dans le vent de mer / Telle une jeune fille qui sort de nuit / Soulevant une lampe qui répand / Sa clarté, qui l'effraye aussi, sur ses épaules, / Et se retourne, mais le monde va sans réponse, / Le bruit des pas de ceux qui devraient ouvrir / Leur porte sous les arbres, et la rejoindre / Ne sonne pas encore dans la vallée. // Les choses sont si confiantes pourtant, / L'agneau si complaisant à la main qui tue; // Et les regards sont si intenses parfois, / Les voix se troublent si mystérieusement quand on prononce / Certains mots pour demain, ou au secret / Des fièvres et des invites de la nuit. / Est-il vrai que les mots soient sans promesse, / Éclair immense en vain, // Coffre qui étincelle mais plein de cendres?

III

Noutros tempos, meus amigos,
Teríamos ouvido, já calados
Súbito,
Soar a chuva à noite sobre as telhas secas.

Teríamos visto, arcado
Ao peso da borrasca, ir correndo,
Cabeça protegida num saco de estopa,
O pastor juntando as reses. Teríamos achado
Que o cutelo do raio se desloca
Por vezes, condoído,
Para o dorso lanoso da terra.

Teríamos percebido, a dispersar-se
Sempre que se faz a alva,
Os sonhos que depõem, coroados de ouro,
Seu faiscar ao pé de um nascimento.

III / En d'autres temps, mes amis, / Nous aurions écouté, ne parlant plus / Soudain, / Bruire la pluie de nuit sur les tuiles sèches. // Nous aurions vu, courbé / Sous l'averse, courant / La tête protégée par le sac de toile, / Le berger rassembler ses bêtes. Nous aurions cru / Que le couteau de la foudre dévie / Parfois, compassionné, / Sur le dos laineux de la terre. // Nous aurions aperçu, qui se dispersent / Chaque fois que c'est l'aube, / Les rêves qui déposent, couronnés d'or, / Leur étincellement près d'une naissance.

IV

E tivesse ela vindo
Sentar-se junto a nós, a incoerente,
A velha a quem só resta recordar,
Fica, um dentre nós
Teria dito, fica, relaxa as mãos negras de fumo,
Fala-nos, instrui-nos, ó andarilha.

Estava o céu porém selado, como hoje,
A barca de cada coisa, vinda carregada
De um trigo do alto do mundo, sob o toldo estava
Em nosso cais noturno, só brilhando
De simplesmente a chuva no vento do mar.

E à noite recolhiam-se as mesmas reses lassas,
A morte era entre nós serva a colher
O leite que na boca tem gosto de cinza.

IV / Et fût-elle venue / S'asseoir auprès de nous, l'incohérente, / La vieille qui n'a plus que le souvenir, / Reste, l'un d'entre nous / Eût dit, reste, détends tes mains noircies par la fumée, / Parle-nous, instruis-nous, ô vagabonde. // Le ciel était scellé pourtant, comme aujourd'hui, / La barque de chaque chose, venue chargée / D'un blé du haut du monde, restait bâchée / À notre quai nocturne, brillant à peine / De simplement la pluie dans le vent de mer. // Et on rentrait le soir les mêmes bêtes lasses, / La mort était servante parmi nous / À recueillir le lait qui a goût de cendre.

V

Eu saio,
Sonho que saio pela noite de neve.
Eu sonho que carrego
Comigo, longe, fora, é sem retorno,
O espelho do quarto do alto, o dos verões
De outrora, a barca a cuja proa, simples,
Nós íamos, interrogávamos, no sono
De verões que foram breves como é a vida.

Naquele tempo
Pelo céu que brilhava em sua água
É que os magos dos nossos sonhos, retirando-se,
No quarto escuro semeavam seus tesouros.

V / Je sors. / Je rêve que je sors dans la nuit de neige. / Je rêve que j'emporte / Avec moi, loin, dehors, c'est sans retour, / Le miroir de la chambre d'en haut, celui des étés / D'autrefois, la barque à la proue de laquelle, simples, / Nous allions, nous interrogions, dans le sommeil / D'étés qui furent brefs comme est la vie. // En ce temps-là / C'est par le ciel qui brillait dans son eau / Que les mages de nos sommeils, se retirant, / Répandaient leurs trésors dans la chambre obscure.

VI

E a beleza do mundo ali se debruçava
No rumorejar do céu noturno,
Mirava o próprio corpo na água enclausurada
Dos que dormem, a entremear-se pelas pedras.
Ela achegava boca e sopro confiantes
A esses olhos sem luz. Ela teria amado
Que pela dobra do vestido ainda fechado
Aparecesse sob a espádua o seio mais claro,
Então em torno a ti se levantava o dia,
Terra dentro do espelho, então o sol
Orlava tua nuca nua de um vapor rubro.

Mas eis-me agora
Fora da casa em que nada se move
Já que ela é apenas sonho. Vou, deixo em qualquer
Lugar, ao pé de um muro, sob estrelas,
O espelho, nossa vida. Que o rocio
Da noite se condense e escorra, sobre a imagem.

VI / Et la beauté du monde s'y penchait / Dans le bruissement du ciel nocturne, / Elle mirait son corps dans l'eau fermée / Des dormeurs, qui se ramifie entre des pierres. / Elle approchait bouche et souffle confiants / De leurs yeux sans lumière. Elle eût aimé / Qu'au repli de sa robe fermée encore / Paraisse sous l'épaule le sein plus clair, / Puis le jour se levait autour de toi, / Terre dans le miroir, et le soleil / Ourlait ta nuque nue d'une buée rouge. // Mais maintenant / Me voici hors de la maison dont rien ne bouge / Puisqu'elle n'est qu'un rêve. Je vais, je laisse / N'importe où, contre un mur, sous les étoiles, / Ce miroir, notre vie. Que la rosée / De la nuit se condense et coule, sur l'image.

VII

Ó galáxias
Poeirentas ao longe
Do vestido vermelho.

Sonhos,
Grei mais escura, em si mais cerrada que as pedras.

Eu vou,
Passo junto às amendoeiras no terraço.
O fruto está maduro.
Eu abro a amêndoa e o coração dela faísca.

Eu vou.
Há esse clarão imenso à minha frente,
O céu,
O cordeiro sangrando sobre a palha.

VII / Ô galaxies / Foudroyantes au loin / De la robe rouge. // Rêves, / Troupeau plus noir, plus serré sur soi que les pierres. // Je vais, / Je passe près des amandiers sur la terrasse. / Le fruit est mûr. / J'ouvre l'amande et son cœur étincelle. // Je vais. / Il y a cet éclair immense devant moi, / Le ciel, / L'agneau sanglant dans la paille.

UMA PEDRA

Amavam esse espelho
Cujo quadro gretado ainda se ornava
Daquelas cornucópias da idade do ouro.
Duas figuras dançantes, face uma à outra,
Estavam ali nus os ventres, as espáduas
As mãos
Tocavam-se, apertavam-se
Mas verdade é que os olhos seus não se encontravam.

Eles puseram
O espelho ali na terra, sob a neve,
Como grão; como a espiga de céu que
Deve por longo tempo apodrecer na lama do mundo.

UNE PIERRE / Ils aimaient ce miroir / Dont le cadre écaillé s'ornait encore / Des cornes d'abondance de l'âge d'or. / Deux figures dansantes s'y faisaient face, / Ces épaules, ces ventres étaient nus, / Ces mains / Se touchaient, s'étreignaient, / Mais c'est vrai que les yeux ne se rencontraient pas. // Ils ont placé / Le miroir dans la terre, sous la neige, / Comme du grain; comme l'épi de ciel / Qui doit pourrir longtemps dans la boue du monde.

V

A AGITAÇÃO DO SONHO

I

Ainda neste sonho o rio: é a montante,
Água cerrada, violenta, troncos de árvores
Nela entrechocam-se, desviam; praias
Estéreis estão sempre a rodear-me,
Grandes aves me assaltam, com um grito
De espanto e dor, — mas eu, vou avançando
Na proa de uma barca, por uma alva.
Ali amontoei ramos, assim me dizem,
Em turbilhões levanta-se a fumaça,
Depois o fogo pega, zás, duas colunas
Retorcidas, um pórtico de raio. Estou
Feliz com esse céu a crepitar, amo esse cheiro
Da seiva que na bruma vai queimando.

E mais tarde remexo cinzas na lareira
Da casa aonde vou a cada noite,
Mas já é trigo agora, como se a alma
Das coisas consumidas, no último suspiro,
Se apartasse da espiga da matéria
Para fazer-se o grão de uma nova esperança.
Tomo a mancheias essa massa escura
Mas são estrelas; os lençóis desdobro
Desse silêncio, mas então descubro

V

L'AGITATION DU RÊVE / I / Dans ce rêve le fleuve encore: c'est l'amont, / Une eau serrée, violente, où des troncs d'arbres / S'entrechoquent, dévient; de toute part / Des rivages stériles m'environnent, / De grands oiseaux m'assaillent, avec un cri / De douleur et d'étonnement, — mais moi, j'avance / À la proue d'une barque, dans une aube. / J'y ai amoncelé des branches, me dit-on, / En tourbillons s'élève la fumée, / Puis le feu prend, d'un coup, deux colonnes torses, / Tout un porche de foudre. Je suis heureux / De ce ciel qui crépite, j'aime l'odeur / De la sève qui brûle dans la brume. // Et plus tard je remue des cendres, dans un âtre / De la maison où je viens chaque nuit, / Mais c'est déjà du blé, comme si l'âme / Des choses consumées, à leur dernier souffle, / Se détachait de l'épi de matière / Pour se faire le grain d'un nouvel espoir. / Je prends à pleines mains cette masse sombre / Mais ce sont des étoiles; je déplie / Les draps de ce silence, mais découvre

Muito distante, muito perto a forma nua
De dois seres que dormem, na luz
Compadecida da alva, que hesita
A roçar com o dedo as pálpebras fechadas
E faz com que esse sótão, esse vigamento,
Esse cheiro do trigo de outrora, a dissipar-se,
Seja ainda o seu lugar, sua felicidade.

Devo me libertar dessas imagens.
Desperto-me e levanto-me e caminho.
E entro nesse jardim dos meus dez anos,
Que foi uma alameda, curta, entre dois blocos
De terra mal lavrada, onde as chuvadas
Deixam por muito tempo poças onde as luzes
Primeiras que eu amei ficaram presas.
Porém é noite agora, estou sozinho,
Os seres que esses anos conheci
Falam lá em cima, riem, numa sala
Cujo clarão recai sobre a alameda; e sei
Que as palavras que disse, a decidir-me a vida
Às vezes, são aquele solo, terra negra.
Em torno a mim o dédalo, infinito,
Outros jardins pequenos com estufas

Desfeitas, tubulações sobre canteiros
Por trás das cercas, os telheiros onde
Móveis rotos, retratos sem moldura, jarras,
E por vezes espelhos como à espreita
Sob lonas, prontos a se abrir aos fogos passageiros,
Foram também, fora do tempo, a consciência
Minha primeira desse mundo onde se vai sozinho.

Très lointaine, très proche la forme nue / De deux êtres qui dorment, dans la lumière / Compassionnée de l'aube, qui hésite / À effleurer du doigt leurs paupières closes / Et fait que ce grenier, cette charpente, / Cette odeur du blé d'autrefois, qui se dissipe, / C'est encore leur lieu, et leur bonheur. // Je dois me délivrer de ces images. / Je m'éveille et me lève et marche. Et j'entre / Dans le jardin de quand j'avais dix ans, / Qui ne fut qu'une allée, bien courte, entre deux masses / De terre mal remuée, où les averses / Laissent longtemps des flaques où se prirent / Les premières lumières que j'aie aimées. / Mais c'est la nuit maintenant, je suis seul, / Les êtres que j'ai connus dans ces années / Parlent là-haut et rient, dans une salle / Dont tombe la lueur sur l'allée; et je sais / Que les mots que j'ai dits, décidant parfois / De ma vie, sont ce sol, cette terre noire. / Autour de moi le dédale, infini, / D'autres menus jardins avec leurs serres // Défaites, leurs tuyaux sur des plates-bandes / Derrière des barrières, leurs appentis / Où des meubles cassés, des portraits sans cadre, / Des brocs, et parfois des miroirs comme à l'aguet / Sous des bâches, prêts à s'ouvrir aux feux qui passent, / Furent aussi, hors du temps, ma première / Conscience de ce monde où l'on va seul.

Vou poder retomar da greda dura aqueles
Restos de ferro velho, estilhaços de vidro,
Pedaços de carvão? Ajoelhado,
Destaco do infinito a inexistência
E dela faço umas figuras, com a mão
Que mal distingo, tanto se fez noite
Rápida, violenta pelos mundos.
Como está longe aqui a alva do signo!
Esboço uma constelação: tudo se perde.

Vais-je pouvoir reprendre à la glaise dure / Ces bouts de fer rouillés, ces éclats de verre, / Ces morceaux de charbon? Agenouillé, / Je détache de l'infini l'inexistence / Et j'en fais des figures, d'une main / Que je distingue mal, tant est la nuit / Précipitée, violente par les mondes. / Que lointaine est ici l'aube du signe! / J'ébauche une constellation mais tout se perd.

II

E eu ergo os olhos, ouso finalmente,
E vejo à minha frente, no céu nu,
Passar a barca que voltou, por vezes sem luz,
Em tantos sonhos rebrilhando no areal
Da muito longa margem dessa noite.

Eu olho para a barca, que hesita.
Ela fez uma volta como se caminhos
Se desenhassem para ela sobre a vaga
Que suave percorre, enquanto fende a espuma,
A imensidão da sombra dessa estrela.

E eles quem são, a bordo? Um homem, uma mulher
Que se destacam negros da fumaça
De um fogo que eles entretêm na proa.
O desejo do homem, da mulher
É esse fogo pois no dédalo dos mundos.

II / Et je lève les yeux, je l'ose enfin, / Et je vois devant moi, dans le ciel nu, / Passer la barque qui revint, parfois sans lumière, / Dans tant des rêves qui miroitent dans le sable / De la très longue rive de cette nuit. // Je regarde la barque, qui hésite. / Elle a tourné comme si des chemins / Se dessinaient pour elle sur la houle / Qui parcourt doucement, brisant l'écume, / L'immensité de l'ombre de l'étoile. // Et qui sont-ils, à bord? Un homme, une femme / Qui se détachent noirs de la fumée / D'un feu qu'ils entretiennent à la proue. / De l'homme, de la femme le désir / Est donc ce feu au dédale des mondes.

III

Volto a fechar os olhos. E aparece-me
Neste instante, no fluxo da memória,
Uma taça de terra avermelhada, cujas
Chamas transbordam sobre a mão que a ergue
Lá, acima da barca que se afasta.

E agora uma criança, que me pede
Para me aproximar, mas está numa árvore,
Os reflexos nos galhos se entrelaçam.
Quem és? digo. E a mim, ele, sorrindo:
Quem és? Pois que não sabes assoprar a chama.

Quem és? Eu, estás vendo, assopro o mundo,
A noite vai cair, já não mais te verei,
Queres que só nos reste acaso a luz?
— Mas não sei responder, por causa de um encanto
Que me pegou, de mais longe que a infância.

III / Je referme les yeux. Et m'apparaît / Maintenant, dans le flux de la mémoire, / Une coupe de terre rouge, dont des flammes / Débordent sur la main qui la soulève / Au-dessus de la barque qui s'éloigne. // Et c'est là un enfant, qui me demande / De m'approcher, mais il est dans un arbre, / Les reflets s'enchevêtrent dans les branches. / Qui es-tu? dis-je. Et lui à moi, riant: / Qui es-tu? Puisque tu ne sais pas souffler la flamme. // Qui es-tu? Vois, moi je souffle le monde, / Il fera nuit, je ne te verrai plus, / Veux-tu que ne nous reste que la lumière? / — Mais je ne sais répondre, de par un charme / Qui m'a étreint, de plus loin que l'enfance.

IV

E eu me afasto e vou chegando à margem.
A barca, e outras barcas, lá chegaram.
Ali tudo é silêncio, mesmo a água clara.
As figuras da proa ainda têm fechados
Os olhos, à dianteira das luzes fechadas.

E os remadores dormem, com a fronte
Nos seus braços dobrados fora dos séculos.
A marca em sua espádua, rubro sangue,
Ainda brilha triste, na neblina
Que não dissipa o vento da alvorada.

IV / Et je m'éloigne et vais vers le rivage. / La barque, et d'autres barques, y sont venues. / Mais tout y est silence, même l'eau claire. / Les figures de proue ont les yeux encore / Clos, à l'avant de ces lumières closes. // Et les rameurs sont endormis, le front / Dans leurs bras repliés en dehors des siècles. / La marque sur leur épaule, rouge sang, / Tristement brille encore, dans la brume / Que ne dissipe pas le vent de l'aube.

O PAÍS DO CUME DAS ÁRVORES

I

Parecia a criança vagar sobre o cume
Da árvore, não se lhe entendia o corpo, envolto
Num fogo, uma fumaça, a que a luz
Furava às vezes, súbito, qual remo.

Ele subia, ele descia um pouco,
Parava, se afastava entre as pirâmides
Do país lá do cume das árvores, rubras
Nos flancos que retêm o sol ainda.

A criança, a cantar, ia sonhando a vida.
Estava só no seu jardim de palmas?
Dizem que o sol se atarda algumas vezes
Uma noite, no porto de um sonho singelo.

Dizem também que o sol é uma barca
Que passa a cada noite o cimo do céu.
À frente estão os mortos, vendo o mundo
Se redobrar sem fim de outras estrelas.

LE PAYS DU SOMMET DES ARBRES / I / L'enfant semblait errer au sommet de l'arbre, / On ne comprenait pas son corps, enveloppé / D'un feu, d'une fumée, que la lumière / Trouait d'un coup, parfois, comme une rame. // Il montait, descendait un peu, il s'arrêtait, / Il s'éloignait entre les pyramides / Du pays du sommet des arbres, qui sont rouges / Par leur flanc qui retient le soleil encore. // L'enfant allait chantant, rêvant sa vie. / Était-il seul en son jardin de palmes? / On dit que le soleil s'attarde parfois / Pour une nuit, au port d'un rêve simple. // On dit aussi que le soleil est une barque / Qui passe chaque soir la cime du ciel. / Les morts sont à l'avant, qui voient le monde / Se redoubler sans fin d'autres étoiles.

II

A criança desceu depois, de galho em galho
No que nos pareceu como um céu estrelado.
Nada mais distinguia no silêncio
O cume azul das árvores e dos mundos.

Ela cantava, ria, estava nua,
Seu corpo era de antes que o homem, a mulher
Se fizessem distintos para reencontrar
Gritando, em alegria, uma esperança.

Ela era o próprio canto. Que se interrompe
Por vezes, a buscar o pé apoio ausente,
Depois retoma e, dir-se-ia, fala a sós,
Tais duas vozes frente à barca que se afasta.

Dizem também que a luz é uma criança
Que brinca, nada quer, e sonha ou canta.
Se vem a nós, isso também é jogo,
Pisando distraído o chão, que seria a alva.

II / L'enfant redescendit plus tard, de branche en branche / Dans ce qui nous parut un ciel étoilé. / Rien ne distinguait plus dans ce silence / La cime bleue des arbres et des mondes. // Il chantait, il riait, il était nu, / Son corps était d'avant que l'homme, la femme / Ne se fassent distincts pour retrouver / Criant, dans une joie, une espérance. // Il était le chant même. Qui s'interrompt / Parfois, le pied cherchant l'appui qui manque, / Puis qui reprend et, dirait-on, se parle, telles deux voix / À l'avant d'une barque qui s'éloigne. // On dit que la lumière est un enfant / Qui joue, qui ne veut rien, qui rêve ou chante. / Si elle vient à nous c'est par jeu encore, / Touchant le sol d'un pied distrait, qui serait l'aube.

A NOITE DE VERÃO

I

Foste esculpida à frente de uma proa,
O tempo corroeu-te qual se fora a espuma,
Fechou-te os olhos numa noite de borrasca,
Manchou de sal teu seio quase nu.

Ó santa, mãos queimadas, que colore
A adoração de ainda algumas flores,
Santuário do esparso e do fugidio
No fim dos campos semeados de ferrugem,

Quanto sono em tua nuca reclinada,
Quanta sombra, nas folhas secas sobre as lajes!
Dir-se-ia nosso quarto de outro ano,
O mesmo leito mas fechadas as persianas.

LA NUIT D'ÉTÉ / I / Tu as été sculptée à une proue, / Le temps t'a corrodée comme eût fait l'écume, / Il a fermé tes yeux une nuit d'orage, / Il a taché de sel ton sein presque nu. // Ô sainte aux mains brûlées que recolore / L'adoration d'encore quelques fleurs, / Sanctuaire de l'épars et du fugitif / Au bout des champs ensemencés de rouille, // Que de sommeil dans ta nuque penchée, / Que d'ombre, dans les feuilles sèches sur les dalles! / On dirait notre chambre d'une autre année, / Le même lit mais les persiennes closes.

II

E ali entre as flores desses campos, as de cera
Não são menos tocantes, coloridas claro
Assim como requer a esperança que sonha
Mesmo onde se apagou toda lembrança.

E o incrédulo se atarda junto delas,
Pega também o cadinho de vidro,
Levanta-o, irrepressível, frente à imagem,
Refaz ali o milagre do fogo,

Depõe-no então, infindo, e retoma o caminho,
Depois de amar o signo, falha do sentido.
O que naquela chama vai enegrecer,
Diz-se, qual é na minha voz a palavra que falta?

Tudo é tão luminoso entanto, quando cai
A noite, por que em toda vida um arco é
Mais baixo, e a água a que fascina mais violenta
A se lançar por sob a abóbada sonora?

II / Et là, parmi les fleurs des champs, celles de cire / Ne sont pas les moins émouvantes, peintes clair / Comme le veut l'espérance qui rêve / Même où s'est effacé le souvenir. // Et l'incroyant, qui s'attarde auprès d'elles, / Prend lui aussi la coupelle de verre, / L'élève, irrépressiblement, devant l'image, / Y reproduit le miracle du feu, // Puis la pose, infinie, et reprend sa route, / Ayant aimé le signe, faute du sens. / Qu'est-ce dans cette flamme qui va noircir, / Se dit-il, quel est dans ma voix le mot qui manque? // Tout est si lumineux pourtant, quand la nuit tombe, / Pourquoi dans toute vie une arche est-elle / Plus basse, et l'eau qu'elle fascine plus violente / À se jeter sous la voûte sonore?

III

E que enigma um lugar, quando também as coisas
São a evidência quase ainda que a morte!
Crer-se-ia que existe algo de ser, de tanto
Que pode a luz diminuir ficando viva.

E é também como o rumor de vozes
Que se ouve pela noite sobre a água tranquila.
Vai mais veloz que a onda feita pela pedra,
Já não mais se distingue do distante o próximo.

Quem fala aí, de nós tão perto e invisível?
Quem anda aí, no ofuscamento e sem semblante?
Assim vinham os deuses, outrora, a crianças
Que atiram seixos na água quando a noite cai.

III / Et quelle énigme un lieu, quand ainsi les choses / Sont presque l'évidence bien que la mort! / On croirait qu'il y a de l'être, tant la lumière / Peut diminuer sans cesser d'être vive. // Et c'est aussi comme ces bruits de voix / Que l'on entend le soir sur l'eau tranquille. / Ils vont plus vite que l'onde que fait la pierre, / On ne distingue plus le lointain du proche. // Qui parle là, si près de nous bien qu'invisible? / Qui marche là, dans l'éblouissement mais sans visage? / Ainsi venaient les dieux, jadis, à des enfants / Qui jettent des cailloux sur l'eau, quand la nuit tombe.

IV

Vais, contra a barca a tua mão toca na água.
Já não possuem rosto os remadores.
No céu, a Ursa passou nos ramos claros,
O vestido da Virgem se rasgou.

Somos apenas uma árvore que ardeu
Na duração sem consciência de si?
Fere às vezes o raio contra as folhas
E a palavra é brasa, que vegeta

Na volta de dois galhos. Depois queima
A árvore e mais uma talvez. Mas o céu
Tem a sua outra luz. E não cessou
O ciclo da indiferença da estrela.

IV / Tu vas, ta main contre la barque touche l'eau. / Les rameurs n'ont plus de visage. / Au ciel, l'Ourse est passée dans des branches claires, / La robe de la Vierge s'est déchirée. // Ne sommes-nous qu'un arbre qui a pris feu / Dans la durée sans conscience de soi? / Frappe parfois la foudre contre des feuilles / Et la parole est braise, qui végète // Au coude de deux branches. Puis brûle l'arbre / Et un second peut-être. Mais le ciel / A son autre lumière. Et n'a pas cessé / Le cycle de l'indifférence de l'étoile.

V

Vais, e ainda te parece que se alarga
Por sobre as árvores o rio da lua.
Uma vida talvez estremeça, no espelho
Dessa floresta que reflete os mundos.

Mas não, astros e ramos se confundem,
E sonhos e caminhos. A noite é uma pedra
Que barra faiscante o percurso do rio.
Às quatro horas já o dia se levanta.

V / Tu vas, et il te semble encore que s'élargit / Le fleuve de la lune sur les arbres. / Peut-être qu'une vie tressaille, dans le miroir / De la forêt qui reflète les mondes? // Mais non, astres et branches se confondent, / Et rêves et chemins. La nuit est une pierre / Qui barre étincelante le cours du fleuve. / À quatre heures déjà le jour se lève.

A BARCA DOS DOIS SONOS

I

Desliza a barca estreita dos dois sonos
Que respiram um perto do outro não buscando,
Na imobilidade, senão um mesmo sopro.
Na alva, mais rápida a corrente vai, a barra
Que à noite não se ouvia ruge ao longe,
A criança a brincar na dianteira da barca

Se compadece então e se aproxima
Pois aqueles que dormem não tem rosto,
Nada mais que dois flancos nus que confiaram
Na alegria um do outro; a alva está fria,
A água sombria tem reflexos de outra luz.

Ele se chega, inclina-se,
Vê no trabalho o homem, a mulher,
É uma terra pobre, seus caminhos,
Como após a borrasca, estão repletos de água.
Coloca nesse solo
O germe de uma planta, que recobre
Com suas palmas logo, sem lembranças,

LA BARQUE AUX DEUX SOMMEILS / I / Glisse la barque étroite aux deux sommeils / Qui respirent l'un près de l'autre, sans recherche / De rien, dans l'immobilité, qu'un même souffle. / À l'aube le courant va plus rapide, / La barre qu'on n'entend pas de nuit gronde là-bas, / L'enfant qui joue à l'avant de la barque // Alors a compassion et se rapproche / Car ceux qui dorment là n'ont pas de visage, / Rien que ces deux flancs nus qui firent confiance / L'un à la joie de l'autre; et l'aube est froide, / L'eau sombre a des reflets d'une autre lumière. // Il s'approche, il se penche, / Il voit dans leur travail l'homme, la femme, / C'est une terre pauvre, dont les voies / Sont emplies d'eau comme après les orages. / Il place dans ce sol / Le germe d'une plante, qui recouvre / De ses palmes bientôt, sans souvenirs,

Esse lugar da origem, margens baixas.
A ela é que pressente, desde já
As primeiras palavras, quando ele olha
As colunas de fumo subirem à noite
Longe, na paz dos dois ramos do rio.

E a ela é que ele quer, a cada dia,
Contra o céu, ver ir crescendo, na evidência
Dos passarinhos que se cruzam a gritar.
Ele irá tarde, à noite, na folhagem,
Procurará o fruto em sua cor,
Espremerá seu ouro em suas mãos tranquilas,

Então irá pegar a barca, e irá deixar
O vinho do tempo ermo, numa jarra,
Ao pé de um deus do sonho, ajoelhado
De olhos fechados, sorridente,
Nas relvas prenhes de grãos da beira-rio.

Le lieu de l'origine, aux rives basses. / C'est elle qu'il pressent, depuis déjà / Les premiers mots en lui, quand il regarde / Monter le soir ces piliers de fumée / Là-bas, loin dans la paix des deux branches du fleuve. // Et c'est elle qu'il veut, contre le ciel, / Voir croître chaque jour, dans l'évidence / Des oiseaux qui se croisent en criant. / Il ira tard le soir dans son feuillage, / Il cherchera le fruit dans la couleur, / Il en pressera l'or dans ses mains paisibles, // Puis il prendra la barque, il ira poser / Le vin du temps désert, dans une jarre, / Au pied du dieu du rêve, agenouillé / Les yeux clos, souriant, / Dans les herbes lourdes de graines du bord du fleuve.

II

Eles dormem. O tempo foi vencido enfim
Que opera contra toda confiança e alegria.
Talvez até a forma deles faça
Brotar a luz do sonho, que se escoa
Frente a muitas das barcas a avançar
Antes do dia no país das palmas.

Eles dormem. E a criança volta à proa,
Contempla novamente, a faiscar agora,
A água do rio. Depois vai juntando
Gravetos para o fogo, que ela acende, dentro
De uma urna de terra. E adormece,
Tomando a cor da chama que vela sozinha.

II / Ils dorment. Fut vaincu enfin le temps qui œuvre / Contre toute confiance, toute joie. / Peut-être même que leur forme laisse sourdre / La lumière du rêve, qui ruisselle / Devant beaucoup des barques qui avancent / Avant le jour dans les pays de palmes. // Ils dorment. Et l'enfant revient à la proue, / Il contemple à nouveau, qui étincelle / Maintenant, l'eau du fleuve. Puis il rassemble / Des branches pour le feu, qu'il allume, serré / Dans un vase de terre. Et il s'endort, / Coloré par la flamme qui veille seule.

III

Eles sonham. Na vida como nas imagens
É certo que o valor mais claro se avizinha
Da sombra negra de onde as palavras se atam
Na garganta dos que não sabem dizer
Por que procuram tanto, no tempo deserto.

Eles vão. E aquela cor a revolver a nuvem
Ao acaso por vezes toma nas mãos de areia
Seu desejo mais nu, seu combate, a saudade
Mais cruel, para fazer deles o imenso
Castelo iluminado de outra margem.

III / Ils rêvent. Dans la vie comme dans les images / C'est vrai que la valeur la plus claire avoisine / L'ombre noire de là où les mots se nouent / Dans la gorge de ceux qui ne savent dire / Pourquoi ils cherchent tant, dans le temps désert. // Ils vont. Et la couleur qui brasse la nuée / Prend parfois par hasard dans ses mains de sable / Leur désir le plus nu, leur guerre, leur regret / Le plus cruel, pour en faire l'immense / Château illuminé d'une autre rive.

IV

Na coisa a estrela reapareceu,
Fez aumentar-lhe o grão que fica menos turvo,
O cacho do que é de novo dá
A quem erra a alegria simples de beber,
Com os olhos repletos de alguma lembrança.

E dizem-se que pouco importa a vinha
Ter, ao crescer, dissipado o lugar
Onde foi, noutro tempo, e não sem gritos
De alegria, sonhada a planta a que se chama
Construir, ter um nome, e nascer, e morrer.

Porque apertam seus lábios no sabor,
Sabem que surge mesmo em meio às sombras,
Eles vão, estão cegos como Deus
Quando toma nas mãos esse corpinho
Chorando, que acabou de nascer, toda vida.

E tudo então é como um vaso a tomar forma,
A cor e a areia nele se juntaram.
Do imaginário os mundos se dissipam.
Alguma coisa esboça-se que lembra
Seixos que brilham dentro da água clara.

IV / L'étoile dans la chose a reparu, / Elle en grossit le grain qui se fait moins trouble, / La grappe de ce qui est donne à nouveau / La joie simple de boire à ceux qui errent, / Les yeux emplis de quelque souvenir. // Et ils se disent que peu importe si la vigne / En grandissant a dissipé le lieu / Où fut rêvée jadis, et non sans cris / D'allégresse, la plante qu'on appelle / Bâtir, avoir un nom, naître, mourir. // Car ils pressent leurs lèvres à la saveur, / Ils savent qu'elle sourd même des ombres, / Ils vont, ils sont aveugles comme Dieu / Quand il prend dans ses mains le petit corps / Criant, qui vient de naître, toute vie. // Et tout alors, c'est comme un vase qui prend forme, / La couleur et le sable se sont unis. / Les mondes de l'imaginaire se dissipent. / Quelque chose s'ébauche qui ressemble / À des cailloux qui brillent dans l'eau claire.

TAREFA DE ESPERANÇA

É a alva. E essa lâmpada acaso findou
Assim sua tarefa de esperança, mão
Posta no espelho baço sobre a febre
Daquele que velava, sem saber morrer?

Mas é verdade que não a apagou,
Ela, apesar do céu, queima por ele.
Gaivotas gritam a alma em tuas vidraças geadas,
Ó adormecido das manhãs, barca de um outro rio.

LA TÂCHE D'ESPÉRANCE / C'est l'aube. Et cette lampe a-t-elle donc fini / Ainsi sa tâche d'espérance, main posée / Dans le miroir embué sur la fièvre / De celui qui veillait, ne sachant pas mourir? // Mais il est vrai qu'il ne l'a pas éteinte, / Elle brûle pour lui, malgré le ciel. / Des mouettes crient leur âme à tes vitres givrées, / Ô dormeur des matins, barque d'un autre fleuve.

INÍCIO E FIM DA NEVE

(1991)

DÉBUT ET FIN DE LA NEIGE

seguido de

LUGAR ONDE CAI A FLECHA

LÀ OÙ RETOMBE LA FLÈCHE

Girando parea di: qui regna amor
Qual si posava in terra, e qual su l'onde;
Qual con su vago errore

Petrarca,
Il Canzoniere, CXXVI.

A GRANDE NEVE

Primeira neve ainda madrugada. O ocre, o verde
Se refugiam sob as árvores.

Segunda, pelo meio-dia. Apenas restam
Do colorido
As agulhas dos pinheiros
Que também caem às vezes mais rígidas que a neve.

Depois, tardinha,
O flagelo da luz se imobiliza.
As sombras e os sonhos têm o mesmo peso.

Um vento pouco
Fora do mundo traça com o pé uma palavra.

LA GRANDE NEIGE
Première neige tôt ce matin. L'ocre, le vert / Se réfugient sous les arbres. // Seconde, vers midi. Ne demeure / De la couleur / Que les aiguilles de pins / Qui tombent elles aussi plus dru parfois que la neige. // Puis, vers le soir, / Le fléau de la lumière s'immobilise. / Les ombres et les rêves ont même poids. // Un peu de vent / Écrit du bout du pied un mot hors du monde.

O ESPELHO

Ainda ontem
Iam passando as nuvens
No negro fundo do quarto
Porém agora o espelho está vazio.

Nevar
Se desencaixa do céu.

LE MIROIR / Hier encore / Les nuages passaient / Au fond noir de la chambre. / Mais à présent le miroir est vide. // Neiger / Se désenchevêtre du ciel.

A CHARRUA

Cinco horas. Ainda a neve. Eu ouço vozes
À frente do mundo.

Uma charrua
Como uma lua no terceiro quarto
Brilha, mas a recobre
A noite com dobra da neve.

E essa criança
Tem para si a casa toda, agora. E vai
De uma janela a outra. Aperta
Os dedos na vidraça. E vê
Gotas a se formar lá onde cessa
De empurrar o vapor para o céu que cai.

LA CHARRUE / Cinq heures. La neige encore. J'entends des voix / À l'avant du monde. // Une charrue / Comme une lune au troisième quartier / Brille, mais la recouvre / La nuit d'un pli de la neige. // Et cet enfant / A toute la maison pour lui, désormais. Il va / D'une fenêtre à l'autre. Il presse / Ses doigts contre la vitre. Il voit / Des gouttes se former là où il cesse / D'en pousser la buée vers le ciel qui tombe.

O POUCO D'ÁGUA

A este floco
Que pousa em minha mão, tenho desejo
De garantir o eterno
Mudando minha vida, meu calor,
Meu passado, estes dias presentes,
Em um simples instante: este instante, sem termo.

Mas ele já não é
Mais que um pouco de água, que se perde
Na bruma desses corpos que vão pela neve.

LE PEU D'EAU / À ce flocon / Qui sur ma main se pose, j'ai désir / D'assurer l'éternel / En faisant de ma vie, de ma chaleur, / De mon passé, de ces jours d'à présent, / Un instant simplement: cet instant-ci, sans bornes. // Mais déjà il n'est plus / Qu'un peu d'eau, qui se perd / Dans la brume des corps qui vont dans la neige.

Neve
Fugaz por sobre a echarpe, sobre a luva
Como aquela ilusão, uma papoula,
Nessa mão que sonhou, verão passado,
No caminho por entre as pedras secas,
Estar o absoluto ao alcance do mundo.

No entanto, que promessa
Nessa água, de contato leve, pois que foi,
Por um instante, luz! O céu de estio
Já não tem nuvens para entreabrir
Sob abóbadas negras mais claro caminho.

Circe
Na pérgola de sombras, a iluminada,
Não teve frutos mais vermelhos.

Neige / Fugace sur l'écharpe, sur le gant / Comme cette illusion, le coquelicot, / Dans la main qui rêva, l'été passé / Sur le chemin parmi les pierres sèches, / Que l'absolu est à portée du monde. // Pourtant, quelle promesse / Dans cette eau, de contact léger, puisqu'elle fut, / Un instant, la lumière! Le ciel d'été / N'a guère de nuées pour entrouvrir / Plus clair chemin sous des voûtes plus sombres. // Circé / Sous sa pergola d'ombres, l'illuminée, / N'eut pas de fruits plus rouges.

NOSSA SENHORA DA MISERICÓRDIA

Agora, tudo,
Agasalhado
Sob o teu manto leve,
Nada quase a não ser bruma e brocado,
Madona de misericórdia da neve

Junto ao teu corpo
Dormem, nus,
Os entes e as coisas, e os teus dedos
Velam com seu brilhar essas cerradas pálpebras.

LA VIERGE DE MISÉRICORDE / Tout, maintenant, / Bien au chaud / Sous ton manteau léger, / Presque rien que de brume et de broderie, / Madone de miséricorde de la neige. // Contre ton corps / Dorment, nus, / Les êtres et les choses, et tes doigts / Voilent de leur clarté ces paupières closes.

O JARDIM

Neva.
Sob os flocos a porta
Abre enfim ao jardim
De mais que o mundo.

Avanço. Mas se prendes
A minha echarpe a ferro
Enferrujado, e rasga-se
Em mim o pano do sonho.

LE JARDIN / Il neige. / Sous les flocons la porte / Ouvre enfin au jardin / De plus que le monde. // J'avance. Mais se prend / Mon écharpe à du fer / Rouillé, et se déchire / En moi l'étoffe du songe.

AS MAÇÃS

E que se há de pensar
Das maçãs amarelas?
Ontem, surpreendiam, esperando, nuas
Depois da queda das folhas,

Hoje, elas encantam
Tanto os seus ombros
Estão, modestamente, sublinhados
De uma orela de neve.

LES POMMES / Et que faut-il penser / De ces pommes jaunes? / Hier, elles étonnaient, d'attendre ainsi, nues / Après la chute des feuilles, // Aujourd'hui elles charment / Tant leurs épaules / Sont, modestement, soulignées / D'un ourlet de neige.

VERÃO AINDA

Avanço pela neve, com os olhos
Fechados, mas a luz sabe infiltrar-se
Nas pupilas porosas, e percebo
Que nas minhas palavras é ainda a neve
Que turbilhona, que se aperta, que se rasga.

Neve,
Carta que se descobre e que se desdobra,
E esmaeceu-se a tinta e nos sinais
O canhestro do espírito é visível
Que apenas sabe emaranhar as sombras claras.

E tenta-se a leitura, não se entende
Quem por nós se interessa na memória,
Senão que ainda é verão; e que se vê
Sob os flocos as folhas, e o calor
Subir do solo ausente como bruma.

L'ÉTÉ ENCORE / J'avance dans la neige, j'ai fermé / Les yeux, mais la lumière sait franchir / Les paupières poreuses, et je perçois / Que dans mes mots c'est encore la neige / Qui tourbillonne, se resserre; se déchire. // Neige, / Lettre que l'on retrouve et que l'on déplie, / Et l'encre en a blanchi et dans les signes / La gaucherie de l'esprit est visible / Qui ne sait qu'en enchevêtrer les ombres claires. // Et on essaye de lire, on ne comprend pas / Qui s'intéresse à nous dans la mémoire, / Sinon que c'est l'été encore; et que l'on voit / Sous les flocons les feuilles, et la chaleur / Monter du sol absent comme une brume.

Muitos e mudos numa frase, dir-se-ia,
A gente sente que lhes deve
Apenas sombras de metáforas.

Dir-se-iam,
Ao nevar mais intenso,
Dessas mãos que recusam outras mãos

Mas brincam com os dedos que recusam.

On dirait beaucoup d'e muets dans une phrase. / On sent qu'on ne leur doit / Que des ombres de métaphores. // On dirait, / Dès qu'il neige plus dru, / De ces mains qui refusent d'autres mains // Mais jouent avec les doigts qu'elles refusent.

Flocos,
Falhas sem consequência da luz.
Uma seguindo a outra e outras mais, como se
Já não mais importasse entender, apenas rir.

E Aristóteles já bem o dizia,
Algures na *Poética*, mal lida,
A transparência é o que vale,
Nessas frases que sejam qual rumor de abelhas,
        qual uma água clara.

Flocons, / Bévues sans conséquences de la lumière. / L'une suit l'autre et d'autres encore, comme si / Comprendre ne comptait plus, rire davantage. // Et Aristote le disait bien, / Quelque part dans sa *Poétique* qu'on lit si mal, / C'est la transparence qui vaut, / Dans des phrases qui soient comme une rumeur d'abeilles, / comme une eau claire.

DE NATURA RERUM

Lucrécia bem sabia:
Abre o cofre,
Verás, está cheio de neve
Que turbilhona.

E por vezes dois flocos
Encontram-se, unificam-se,
Ou se desvia um deles, graciosamente
No seu pouco de morte.

De onde têm tanta luz
Certas palavras
Quando uma é apenas noite,
Só sonho, a outra?

De onde vêm essas sombras
Que vão, ambas risonhas,
E uma toda envolta
Em lã vermelha?

DE NATURA RERUM / Lucrèce le savait: / Ouvre le coffre, / Tu verras, il est plein de neige / Qui tourbillonne. // Et parfois deux flocons / Se rencontrent, s'unissent, / Ou bien l'un se détourne, gracieusement / Dans son peu de mort. // D'où vient qu'il fasse clair / Dans quelques mots / Quand l'un n'est que la nuit, / L'autre, qu'un rêve? // D'où viennent ces deux ombres / Qui vont, riant, / Et l'une emmitouflée / D'une laine rouge?

O ADORNO

Neva. Alma, o que querias
Que não tiveras de nascença eterna?
Vê, tens aí
Mesmo pra a morte um vestido de festa.

Um adorno tal qual na adolescência,
Dos que nas mãos se toma com cuidado
Pois seu tecido é transparente e fica rente
Dos dedos que o desdobram sob a luz,
Sabe-se que ele é frágil como o amor.

Mas nele estão bordadas corolas, folhagens,
E já se faz ouvir a música
Ali na sala ao lado, iluminada.
Misterioso ardor te toma a mão.

Vais, coração batendo, na nevasca.

LA PARURE / Il neige. Âme, que voulais-tu / Que tu n'aies eu de naissance éternelle? / Vois, tu as là / Pour la mort même une robe de fête. // Une parure comme à l'adolescence, / De celles que l'on prend à mains soucieuses / Car l'étoffe en est transparente et reste près / Des doigts qui la déploient dans la lumière, / On sait qu'elle est fragile comme l'amour. // Mais des corolles, des feuilles y sont brodées, / Et déjà la musique se fait entendre / Dans la salle voisine, illuminée. / Une ardeur mystérieuse te prend la main. // Tu vas, le cœur battant, dans la grande neige.

NOLI ME TANGERE

Hesita o floco nesse céu azul
De novo, floco derradeiro da nevasca.

E é assim como entrasse no jardim a que
Devia ter sonhado o que podia ser,
Esse olhar, esse deus simples, sem lembrança
Da tumba, sem pensar senão ventura,
Sem porvir
Que não o dissipar de si no azul do mundo.

"Não, não me toques", lhe diria ele,
Mas mesmo dizer não seria de luz.

NOLI ME TANGERE / Hésite le flocon dans le ciel bleu / À nouveau, le dernier flocon de la grande neige. // Et c'est comme entrerait au jardin celle qui / Avait bien dû rêver ce qui pourrait être, / Ce regard, ce dieu simple, sans souvenir / Du tombeau, sans pensée que le bonheur, / Sans avenir / Que sa dissipation dans le bleu du monde. // "Non, ne me touche pas", lui dirait-il, / Mais même dire non serait de lumière.

Logo antes da alva
Olho pelas vidraças e creio compreender
Que parou de nevar. Uma poça de azul
Estende-se, brilhante um pouco, antes das árvores,
De uma parede à outra dessa noite.

Eu saio.
E desço cautelosamente a escada de madeira
De degraus nivelados pela neve fresca.
O frio aperta e me penetra as pernas,
Parece iluminar-se mais o espírito,
Que melhor capta o silêncio das coisas.

Ainda dorme,
Na pilha emaranhada de madeira
Debaixo da janela,
O chipmunk, vizinho simples,
Ou já se foi a errar no frio e nos rangidos?
Vejo marcas minúsculas frente à porta.

Juste avant l'aube / Je regarde à travers les vitres, et je crois comprendre / Qu'il a cessé de neiger. Une flaque bleue / S'étend, brillante un peu, devant les arbres, / D'une paroi à l'autre de la nuit. // Je sors. / Je descends précautionneusement l'escalier de bois / Dont les marches sont nivelées par la neige fraîche. / Le froid cerne et pénètre mes chevilles, / Il semble que l'esprit en soit plus clair, / Qui perçoit mieux le silence des choses. // Dort-il encore / Dans l'enchevêtrement du tas de bois / Serré sous la fenêtre / Le chipmunk, notre voisin simple, / Ou est-il déjà à errer dans les crissements et le froid? / Je vois d'infimes marques devant la porte.

AS TOCHAS

Neve
Que paraste de dar, que não és mais
Essa que vem mas aquela que espera
Em silêncio, tendo trazido e sem que ainda
Se tenha pego e, entanto, toda a noite,
Pudemos divisar, no embaçamento
Das vidraças por vezes gotejantes,
Esse teu faiscar na grande mesa.

Neve, nosso caminho,
Imaculado ainda, para ir buscar
Sob os galhos curvados, como atentos,
Essas tochas, o que é, que apareceram
Uma a uma, e queimaram, e parece apagarem-se
Como nos olhos do desejo quando acede
Aos bens com que sonhava (que é frequente
Quando tudo talvez se resolvesse, em nós
Apagar-se de sala em sala esse reflexo
Do céu, sobre os espelhos), neve, toca

Essas tochas ainda, reicendeia-as
No frio desta aurora; e que a exemplo
Dos teus flocos que as tomam já de assalto
Com seu descuidar, fogo mais claro,
E embora tanta febre na palavra
E tanta nostalgia na lembrança,

LES FLAMBEAUX / Neige / Qui as cessé de donner, qui n'es plus / Celle qui vient mais celle qui attend / En silence, ayant apporté mais sans qu'encore / On ait pris, et pourtant, toute la nuit, / Nous avons aperçu; dans l'embuement / Des vitres parfois même ruisselantes, / Ton étincellement sur la grande table. // Neige, notre chemin, / Immaculé encore, pour aller prendre / Sous les branches courbées et comme attentives / Ces flambeaux, ce qui est, qui ont paru / Un à un, et brûlé, mais semblent s'éteindre / Comme aux yeux du désir quand il accède / Aux biens dont il rêvait (car c'est souvent / Quand tout se dénouerait peut-être, que s'efface / En nous de salle en salle le reflet / Du ciel, dans les miroirs), ô neige, touche // Encore ces flambeaux, renflamme-les / Dans le froid de cette aube; et qu'à l'exemple / De tes flocons qui déjà les assaillent / De leur insouciance, feu plus clair, / Et malgré tant de fièvre dans la parole / Et tant de nostalgie dans le souvenir,

Nossas palavras outras já não buscam mas delas
se avizinham,
Passam perto, simplesmente,
E se uma aflora a outra, e se se unem,
Será apenas ainda a tua luz,
Nossa brevidade a disseminar-se,
A escrita a dissipar-se, finda a sua tarefa.

(E tal floco se atarda, o olhar o segue,
Seria bom olhá-lo sempre e sempre,
Tal outro vem se pôr na mão que se oferece.

E tal mais lento afasta-se perdido,
Volteia, e então retorna. Isso não quer dizer
Que uma palavra, uma outra, ainda por inventar,
Redimiria o mundo? Mas não se sabe
Se se ouve essa palavra ou se é um sonho).

Nos mots ne cherchent plus les autres mots mais les / avoisinent, / Passent auprès d'eux, simplement, / Et si l'un en a frôlé un, et s'ils s'unissent, / Ce ne sera qu'encore ta lumière, / Notre brièveté qui se dissémine, / L'écriture qui se dissipe, sa tâche faite. // (Et tel flocon s'attarde, on le suit des yeux, / On aimerait le regarder toujours, / Tel autre s'est posé sur la main offerte. // Et tel plus lent et comme égaré s'éloigne / Et tournoie, puis revient. Et n'est-ce dire / Qu'un mot, un autre mot encore, à inventer / Rédimerait le monde? Mais on ne sait / Si on entend ce mot ou si on le rêve).

HOPKINS FOREST

Tinha eu saído a
Buscar água no poço junto às árvores,
E me vi em presença de outro céu.
Sumidas as constelações de há um instante ainda,
Três quartos do firmamento estavam vazios,
Intensa escuridão reinava só,
Mas à esquerda, acima do horizonte,
Mesclado à copa dos carvalhos,
Havia um grande bloco de estrelas rubescentes
Como um braseiro, a desprender mesmo fumaça.

Entrei
E reabri o livro sobre a mesa.
Página a página,
Só havia sinais indecifráveis,
Agregados de formas sem sentido
Se bem que vagamente recorrentes,
E embaixo uma brancura assim de abismo
Como se o que se chama espírito caísse ali,
Quieto, como uma neve.
Virei no entanto as páginas.
Muitos anos atrás,
Num trem, no instante em que desponta o dia,
Entre Princeton Junction e Newark,
Quer dizer, dois lugares, para mim, de acaso,
Duas quedas de flechas de lugar nenhum,
Os viajantes liam, silenciosos
Na neve que varria as vidraças cinzentas,
E súbito,

HOPKINS FOREST
J'étais sorti / Prendre de l'eau au puits, auprès des arbres, / Et je fus en présence d'un autre ciel. / Disparues les constellations d'il y a un instant encore, / Les trois quarts du firmament étaient vides, / Le noir le plus intense y régnait seul, / Mais à gauche, au-dessus de l'horizon, / Mêlé à la cime des chênes, / Il y avait un amas d'étoiles rougeoyantes / Comme un brasier, d'où montait même une fumée. // Je rentrai / Et je rouvris le livre sur la table. / Page après page, / Ce n'étaient que des signes indéchiffrables, / Des agrégats de formes d'aucun sens / Bien que vaguement récurrentes, / Et par-dessous une blancheur d'abîme / Comme si ce qu'on nomme l'esprit tombait là, sans bruit, / Comme une neige. / Je tournai cependant les pages. / Bien des années plus tôt, / Dans un train au moment où le jour se lève / Entre Princeton Junction et Newark, / C'est-à-dire deux lieux de hasard pour moi, / Deux retombées des flèches de nulle part, / Les voyageurs lisaient, silencieux / Dans la neige qui balayait les vitres grises, / Et soudain,

Num jornal que se abria a dois passos de mim,
Uma grande fotografia de Baudelaire,
Página inteira
Como o céu se esvazia no fim do mundo
Para aceitar toda a desordem das palavras.

Aproximei esse sonho e essa lembrança
Quando andei, primeiro um outono todo
Em bosques onde logo foi a neve
Que triunfou, em muitos desses signos
Recebidos, contraditoriamente,
Do mundo que a linguagem devastou.
Findava-se o conflito de dois mundos
Pareciam mesclar-se duas luzes,
Iam fechando-se os lábios da ferida.
Caía a massa branca do frio em rajadas
Por sobre a cor, mas longe um teto, uma tábua
Pintada, ali de pé contra uma grade,
Ainda era a cor, e misteriosa
Como alguém que saísse do sepulcro e, rindo:
"Não, não me toques", diria ele ao mundo.

Devo muito, de fato, a Hopkins Forest.
Guardo-a em meu horizonte, em sua parte
Que abandona o visível pelo invisível
Pelo estremecimento do azul dos longes.
Escuto-a, através dos ruídos, e até às vezes,
No verão, com o pé empurrando as folhas secas
De anos passados, claros na penumbra
Dos carvalhos nas pedras apertados,
Paro, acredito que esse solo se abre
Ao infinito, que essas folhas caem

Dans un journal ouvert à deux pas de moi, / Une grande photographie de Baudelaire, / Toute une page / Comme le ciel se vide à la fin du monde / Pour consentir au désordre des mots. // J'ai rapproché ce rêve et ce souvenir / Quand j'ai marché, d'abord tout un automne / Dans des bois où bientôt ce fut la neige / Qui triompha, dans beaucoup de ces signes / Que l'on reçoit, contradictoirement, / Du monde dévasté par le langage. / Prenait fin le conflit de deux principes, / Me semblait-il, se mêlaient deux lumières, / Se refermaient les lèvres de la plaie. / La masse blanche du froid tombait par rafales / Sur la couleur, mais un toit au loin, une planche / Peinte, restée debout contre une grille, / C'était encore la couleur, et mystérieuse / Comme un qui sortirait du sépulcre et, riant: / "Non, ne me touche pas", dirait-il au monde. // Je dois vraiment beaucoup à Hopkins Forest, / Je la garde à mon horizon, dans sa partie / Qui quitte le visible pour l'invisible / Par le tressaillement du bleu des lointains. / Je l'écoute, à travers les bruits, et parfois même, / L'été, poussant du pied les feuilles mortes / D'autres années, claires dans la pénombre / Des chênes trop serrés parmi les pierres, / Je m'arrête, je crois que ce sol s'ouvre / À l'infini, que ces feuilles y tombent

Sem pressa, ou vão subindo, o alto, o baixo
Já não são, nem o ruído, apenas leve
O murmurar dos flocos que bem cedo
Multiplicam-se, achegam-se e se enlaçam
— E então revejo todo o outro céu,
Penetro nesse instante na nevasca.

Sans hâte, ou bien remontent, le haut, le bas / N'étant plus, ni le bruit, sauf le léger / Chuchotement des flocons qui bientôt / Se multiplient, se rapprochent, se nouent / — Et je revois alors tout l'autre ciel, / J'entre pour un instant dans la grande neige.

O TUDO, O NADA

I

É a última neve da estação,
Neve da primavera, a mais capaz
De recoser os rasgos da madeira morta
Antes que a levem e depois a queimem.

É a primeira neve da tua vida
Já que, ontem, eram apenas manchas
De cor, prazeres breves, medos, mágoas
Inconsistentes, falha da palavra.

E vejo que a alegria sobre o medo toma
Nos olhos teus que se descerram de surpresa
Distância, um salto claro: esse grito, esse riso
Que eu amo, e considero meditável.

Pois estamos bem perto, e o menino
É o genitor de quem o embalou
Certa manhã nas mãos adultas e o ergueu
Nesse consentimento da luz plena.

LE TOUT, LE RIEN
I / C'est la dernière neige de la saison, / La neige de printemps, la plus habile / À recoudre les déchirures du bois mort / Avant qu'on ne l'emporte puis le brûle. // C'est la première neige de ta vie / Puisque, hier, ce n'étaient encore que des taches / De couleur, plaisirs brefs, craintes, chagrins / Inconsistants, faute de la parole. // Et je vois que la joie prend sur la peur / Dans tes yeux que dessille la surprise / Une avance, d'un grand bond clair: ce cri, ce rire / Que j'aime, et que je trouve méditable. // Car nous sommes bien proches, et l'enfant / Est le progéniteur de qui l'a pris / Un matin dans ses mains d'adulte et soulevé / Dans le consentement de la lumière.

II

A dar ouvidos, sim, a fazer minha
Essa fonte, esse grito alegre, fervilhante
Por entre as pedras a surgir da vida
Cedo, e tão forte, e logo fraca e cega.

Mas escrever não é ter, e não é ser,
Pois nele a vibração do júbilo é apenas
Uma sombra, e seria ela a mais clara,
Em palavras que ainda estão lembradas

De tantas, tantas coisas a que o tempo
Duramente lavrou com suas garras,
— Nada posso fazer senão dizer-te
Aquilo que não sou, salvo em desejo.

Um modo de pegar, e que seria
Cessar de ser si mesmo no ato de pegar,
Um modo de dizer, e que faria
Não se estar mais sozinho na linguagem.

II / Oui, à entendre, oui, à faire mienne / Cette source, le cri de joie, qui bouillonnante / Surgit d'entre les pierres de la vie / Tôt, et si fort, puis faiblit et s'aveugle. // Mais écrire n'est pas avoir, ce n'est pas être, / Car le tressaillement de la joie n'y est / Qu'une ombre, serait-elle la plus claire, / Dans des mots qui encore se souviennent // De tant et tant de choses que le temps / A durement labourées de ses griffes, / — Et je ne puis donc faire que te dire / Ce que je ne suis pas, sauf en désir. // Une façon de prendre, qui serait / De cesser d'être soi dans l'acte de prendre, / Une façon de dire, qui ferait / Qu'on ne serait plus seul dans le langage.

III

Seja-te a grande neve o tudo, o nada,
Menino dos primeiros passos sobre a relva
Trôpegos, inda os olhos cheios das origens,
As mãos a se agarrar na luz apenas.

Sejam-te os ramos que cintilam a palavra
Que deves escutar mas não entendes
O sentido no céu do seu recorte,
Senão só a preço de perder nomearias.

Bastam-te os dois valores, um brilhante,
Da colina no entalhe dessas árvores,
Da vida abelha, quando se esgotar
No teu sonho do mundo este mundo mesmo.

E essa água a serpentear pela campina
Te mostre que a alegria sobrevive ao sonho
Quando a brisa vinda do acaso já dispersa
Da amendoeira as flores, no entanto a outra neve.

III / Te soit la grande neige le tout, le rien, / Enfant des premiers pas titubants dans l'herbe, / Les yeux encore pleins de l'origine, / Les mains ne s'agrippant qu'à la lumière. // Te soient ces branches qui scintillent la parole / Que tu dois écouter mais sans comprendre / Le sens de leur découpe sur le ciel, / Sinon tu ne dénommerais qu'au prix de perdre. // Te suffisent les deux valeurs, l'une brillante, / De la colline dans l'échancrure des arbres, / Abeille de la vie, quand se tarira / Dans ton rêve du monde ce monde même. // Et que l'eau qui ruisselle dans le pré / Te montre que la joie peut survivre au rêve / Quand la brise d'on ne sait où venue déjà disperse / Les fleurs de l'amandier, pourtant l'autre neige.

A ÚNICA ROSA

I

Neva, é estar de volta a uma cidade
Onde, e descubro caminhando a esmo
Pelas ruas que estão vazias todas,
Feliz teria vivido uma outra infância.
Sob os flocos diviso essas fachadas
Que mais que nada têm beleza neste mundo.
Sós entre nós Alberti, depois San Gallo
— Em San Biagio, na sala mais intensa
Pelo desejo erguida, se achegaram
A essa perfeição, a essa ausência.

E fico a olhar então, avidamente,
Essas massas que me está ocultando a neve.
Busco principalmente, na brancura
Errante, esses frontões que subir vejo
A um mais alto nível da aparência.
Eles rasgam a bruma, é como se,
Mão liberta do peso, o arquiteto
Daqui tivesse feito ganhar vida
Num só traço floral
A forma a que queria século após século
A dor de ter nascido na matéria.

LA SEULE ROSE
I / Il neige, c'est revenir dans une ville / Où, et je le découvre en avançant / Au hasard dans des rues qui toutes sont vides, / J'aurais vécu heureux une autre enfance. / Sous les flocons j'aperçois des façades / Qui ont beauté plus que rien de ce monde. / Seuls parmi nous Alberti puis San Gallo / — À San Biagio, dans la salle la plus intense / Qu'ait bâtie le désir, ont approché / De cette perfection, de cette absence. // Et je regarde donc, avidement, / Ces masses que la neige me dérobe. / Je recherche surtout, dans la blancheur / Errante, ces frontons que je vois qui montent / À un plus haut niveau de l'apparence, / Ils déchirent la brume, c'est comme si, / D'une main délivrée de la pesanteur / L'architecte d'ici avait fait vivre / D'un seul grand trait floral / La forme que voulait de siècle en siècle / La douleur d'être né dans la matière.

II

E lá em cima eu não sei se é a vida
Ainda, ou só a alegria, a destacar-se
Num céu que já não é do nosso mundo.
Ó construtores
Não tanto de um lugar, quanto de um ganho da esperança,
O que há no segredo das paredes
Que frente a mim se apartam? O que vejo
Pelas paredes, nichos, uns vazios,
Uns plenos, uns delgados, de onde se evapora
Pela graça dos números
O peso de no exílio ter nascido,
Mas ali se pôs a neve e se amontoa,
A um deles me chego, ao mais baixo,
E súbito eis o campo dos dez anos meus,
Vão zumbindo as abelhas,
O que tenho nas mãos: as flores, estas sombras,
Seriam quase mel, seriam neve?

II / Et là-haut je ne sais si c'est la vie / Encore, ou la joie seule, qui se détache / Sur ce ciel qui n'est plus de notre monde. / Ô bâtisseurs / Non tant d'un lieu que d'un regain de l'espérance, / Qu'y a-t-il au secret de ces parois / Qui devant moi s'écartent? Ce que je vois / Le long des murs, ce sont des niches vides, / Des pleins et des déliés, d'où s'évapore / Par la grâce des nombres / Le poids de la naissance dans l'exil, / Mais de la neige s'y est mise et s'y entasse, / Je m'approche de l'une d'elles, la plus basse, / Je fais tomber un peu de sa lumière, / Et soudain c'est le pré de mes dix ans, / Les abeilles bourdonnent, / Ce que j'ai dans mes mains, ces fleurs, ces ombres, / Est-ce presque du miel, est-ce de la neige?

III

Avanço então, até sob o arco de uma porta.
Os flocos turbilhonam, apagando
O limite entre o exterior e essa sala
Onde estão lâmpadas acesas: também elas
Uma espécie de neve, que hesita
Entre o alto, e o baixo, nessa noite.
É como estar eu num segundo limiar.

E além esse rumor sempre de abelhas
No rumor dessa neve. O que diziam
As abelhas sem número do estio,
Parece refleti-lo o infinito das lâmpadas.

E eu quisera
Correr, como no tempo da abelha, buscando
No pé a bola fofa, pois talvez
Eu durma, e sonhe, e vá por caminhos da infância.

III / J'avance alors, jusque sous l'arche d'une porte. / Les flocons tourbillonnent, effaçant / La limite entre le dehors et cette salle / Où des lampes sont allumées: mais elles-mêmes / Une sorte de neige, qui hésite / Entre le haut, le bas, dans cette nuit. / C'est comme si j'étais sur un second seuil. // Et au-delà ce même bruit d'abeilles / Dans le bruit de la neige. Ce que disaient / Les abeilles sans nombre de l'été, / Semble le refléter l'infini des lampes. // Et je voudrais / Courir, comme du temps de l'abeille, cherchant / Du pied la balle souple, car peut-être / Je dors, et rêve, et vais par les chemins d'enfance.

IV

Mas o que estou a olhar é uma neve
Endurecida, que escorreu nas lajes
E se junta na base das colunas
À esquerda, à direita, e longe na penumbra.
Absurdamente só tenho olhos para o arco
Que essa lama desenha sobre a pedra.
Ligo o meu pensamento ao que não tem
Nem nome nem sentido. Ó meus amigos,
Alberti, Brunelleschi, San Gallo,
Palladio a dar sinal lá da outra margem,
Não vos estou traindo, mas, adianto,
A mais pura das formas ainda é aquela
Que a bruma que se apaga penetrou,
A neve aos pés pisada é a única rosa.

IV / Mais ce que je regarde, c'est de la neige / Durcie, qui s'est glissée sur le dallage / Et s'accumule aux bases des colonnes / À gauche, à droite, et loin devant dans la pénombre. / Absurdement je n'ai d'yeux que pour l'arc / Que cette boue dessine sur la pierre. / J'attache ma pensée à ce qui n'a / Pas de nom, pas de sens. Ô mes amis, / Alberti, Brunelleschi, San Gallo, / Palladio qui fais signe de l'autre rive, / Je ne vous trahis pas, cependant, j'avance, / La forme la plus pure reste celle / Qu'a pénétrée la brume qui s'efface. / La neige piétinée est la seule rose.

LUGAR ONDE CAI A FLEXA

I

Perdido. A poucos passos da casa, no entanto, a não mais que três lances de pedra.

O lugar onde cai a flecha que foi lançada ao acaso.

Perdido. Sem drama. Hão de me encontrar. De toda parte no céu, vão levantar-se vozes, na noite que cai.

E são só quatro horas, há portanto muito dia ainda para continuar a se perder — andando, correndo às vezes, voltando — em meio a essas pedras partidas e esses carvalhos cinza no bosque entrecortado de grotas que busca por toda parte o infinito, sob o horizonte tumultuoso, mas aqui, diante do passo, fica estreito.

Necessariamente, vou encontrar uma estrada.

Avistarei uma granja em ruínas, de onde partia por certo uma pista.

Chamarei por alguém? Não, ainda não.

LÀ OÙ RETOMBE LA FLÈCHE

I / Perdu. À quelques pas de la maison, cependant, à guère plus que trois jets de pierre. // Là où retombe la flèche qui fut lancée au hasard. // Perdu, sans drame. On me retrouvera. Des voix se dresseront de toutes parts sur le ciel, dans la nuit qui tombe. // Et il n'est que quatre heures, il y a donc encore beaucoup de jour pour continuer à se perdre — allant, courant parfois, revenant — parmi ces pierres brisées et ces chênes gris dans le bois coupé de ravins qui cherche partout l'infini, sous l'horizon tumultueux, mais ici, devant le pas, se resserre. // Nécessairement, je vais rencontrer une route. // Je verrai une grange en ruine, d'où partait bien une piste. // Appellerai-je? Non, pas encore.

II

Perdido, no entanto. Pois tem de decidir, a quase todo instante, e eis que não pode. Nada lhe fala, já nada lhe é indício. A própria ideia de indício se dissipa. No vestígio que a palavra deixara, no que é, a água da aparência deserta voltou a subir, brilha sozinha.

Cada palavra: algo fechado agora, superfície fosca sem nada que vibre, uma pedra.

Ele pode articulá-la, pode dizê-la: o carvalho.

Mas quando disse: o carvalho — e em voz alta, por quê? — fica a palavra, na sua mente, como na mão a chave que não serviu se faz pesada. E a figura da árvore se cliva, se fragmenta e se ajunta mais alto, no absoluto, como quando se olha para essas grandes bolhas do vidro que se encontram em antigas vidraças.

A cor, empurrada para a borda da imagem pelo inchaço no vidro. Aquilo a que se chama a forma furada de um desnível — desmentido. Como se se abrira a mão que mantém coesas cores e formas.

II / Perdu; pourtant. Car il lui faut décider, presque à tout instant, et voici qu'il ne peut le faire. Rien ne lui parle, rien ne lui est plus un indice. L'idée même d'indice se dissipe. Dans l'empreinte qu'avait laissé la parole, sur ce qui est; l'eau de l'apparence déserte est remontée, brille seule. // Chaque mot: quelque chose de clos maintenant, une surface mate sans rien qui vibre, une pierre. // Il peut l'articuler, il peut dire: le chêne. // Mais quand il a dit: le chêne — et à voix haute, pourquoi? — le mot reste, dans son esprit, comme dans la main la clef qui n'a pas joué se fait lourde. Et la figure de l'arbre se clive, se fragmente et se rassemble plus haut, dans l'absolu, comme quand on regarde ces bossellements du verre qu'il y a dans d'anciennes vitres. // La couleur, rejetée sur le bord de l'image par le gonflement dans le verre. Ce qu'on appelle la forme troué d'un ressaut — démenti. Comme si s'était ouverte la main qui garde serrées couleurs et formes.

III

Perdido. E de todos os lados acorrem as coisas, cerram-se em torno dele. Já não há mais além nesse instante em que ele quer o além, tão intensamente.

Ele o quer mesmo?

E alguma coisa acorre do centro mesmo das coisas. Já não existe espaço entre ele e a menor coisa.

Só a montanha ao longe, muito azul, ajuda-o aqui a respirar na água do que é, que vai subindo.

Familiar no entanto essa impressão de um empurrar que nele se opera vindo de dentro de tudo. Ontem, já, quanto caminho demasiado íngreme rumo ao ponto de fuga, na tinta derramada das nuvens! Quantas palavras que vinham de ele não sabia onde, entre as palavras! Quantos de seus brinquedos que num triz já não eram o tabuleirozinho de damas ou os cubos cobertos de figuras mas a madeira gasta nas bordas, a fibra que fura a cor.

Diziam-lhe, de longe: Vem, e ele só ouvia esse respingar do som por sobre as lajes.

III / Perdu. Et les choses accourent de toutes parts, se pressent autour de lui. Il n'y a plus d'ailleurs dans cet instant où il veut l'ailleurs, si intensément. // Mais le veut-il? // Et quelque chose accourt du centre même des choses. Il n'y a plus d'espace entre lui et la moindre chose. // Seule la montagne là-bas, très bleue, l'aide ici à respirer dans cette eau de ce qui est, qui remonte. // Familière pourtant cette impression d'une poussée qui s'exerce sur lui de par le dedans de tout. Hier, déjà, que de chemins trop abrupts vers le point de fuite, dans l'encre répandue des nuages! Que de mots qui venaient d'il ne savait où, parmi les mots! Que de ses jouets qui d'un seul coup n'étaient plus le petit damier ou les cubes couverts d'images mais le bois usé par le bord, la fibre qui perce la couleur. // On lui disait, de loin: Viens, et il n'entendait que cet éclaboussement du son qui se répand sur les dalles.

IV

Ele se lembra de que um passarinho andara à sua frente por um bom momento quando era ainda o caminho.

Ele anda reto, há dois minutos. Mas ei-lo retido pela água que se move por entre os tocos. Existe lama nessa água clara, uma espécie de pó azul que gira sobre si mesmo no lugar onde a corrente quase imperceptível bate na aresta brilhante de uma rocha.

Se tivesse chovido, poderia reencontrar as marcas de seus passos, mas a terra está seca.

A trilha que havia seguido deixava à esquerda o sol. Onde ela fazia uma curva é que houvera junto à borda aquelas três pedras manchadas de branco, como pintadas.

IV / Il se souvient qu'un oiseau avait marché devant lui tout un moment quand c'était le chemin encore. // Il va droit, depuis deux minutes. Mais le voici arrêté par de l'eau qui bouge parmi des souches. Il y a de la boue dans cette eau claire, une sorte de poudre bleue qui tourne sur soi là où le courant presque imperceptible frappe l'arête brillante d'une roche. // S'il avait plu il retrouverait la trace de ses pas, mais la terre est sèche. // Le sentier qu'il avait suivi laissait le soleil à sa gauche. C'est là où il tournait qu'il y avait eu près du bord ces trois pierres tachées de blanc, comme peintes.

V

Mas por que está ele agora subindo aquele outeiro quase escarpado, ainda que as árvores ali estejam tão cerradas quanto embaixo, ao longo de grotões estreitos? Não é certamente por ali que passa o caminho.

E não será de lá do alto que terá vista.

Nem poderá gritar o seu apelo.

Vejo-o no entanto a subir por entre os troncos esbeltos, em meio às pedras.

Valendo-se de um galho baixo quando sente o solo muito escorregadio por causa das folhas secas entre as quais há sempre dessas pedras soltas a rolar por cima de outras pedras: losangos de bordas cortantes e cor cinza, manchada de vermelho.

Vejo-o — e imagino o cimo. Alguns metros de terreno plano, mas tão indistintos em razão do matagal que chega às vezes até a galhada. A mesma confusão, o mesmo acaso que em todos os outros lugares do bosque, mas assim é para tudo que vive. Sai voando um pássaro que ele não vê. Um pinheiro caído numa noite de vendaval barra o declive que recomeça.

E ouço em mim essa voz, que surge do fundo da infância: Já estive aqui, já — dizia a voz então —, conheço este lugar, nele vivi, foi antes do tempo, foi antes de mim na terra.

Eu sou o céu, a terra.

Eu sou o rei. Sou esse monte de glandes que o vento empurrou para dentro do oco que fica entre as raízes.

V / Mais pourquoi gravit-il maintenant cette butte presque escarpée, encore que les arbres y soient aussi serrés qu'en dessous, le long d'étroites ravines? Ce n'est sûrement pas par ici que le chemin passe. // Et ce n'est pas de là-haut qu'il aura vue. // Ni pourra crier son appel. // Je le vois pourtant qui monte parmi les fûts, dans les pierres. // S'aidant d'une branche basse quand il sent le sol trop glissant à cause des feuilles sèches parmi lesquelles il y a toujours ces cailloux roulant sur d'autres cailloux: losanges de bord acéré et de couleur grise, tachée de rouge. // Je le vois — et j'imagine la cime. Quelques mètres d'à-plat, mais si indistincts du fait de ces ronces qui atteignent parfois aux branches. La même confusion, le même hasard que partout ailleurs dans le bois, mais ainsi en est-il pour tout ce qui vit. Un oiseau s'envole, qu'il ne voit pas. Un pin tombé une nuit de vent barre la pente qui recommence. // Et j'entends en moi cette voix, qui sourd du fond de l'enfance: Je suis venu ici, déjà — disait-elle alors —, je connais ce lieu, j'y ai vécu, c'était avant le temps, c'était avant moi sur la terre. // Je suis le ciel, la terre. // Je suis le roi. Je suis ce tas de glands que le vent a poussés dans le creux qui est entre ces racines.

VI

Ele tem dez anos. Idade em que se olha deslocarem-se as sombras, será aos solavancos? e o rasgo no papel das paredes, e o prego fincado no estuque com metal enferrujado à volta as ínfimas escamações da incompreensível matéria. Perdeu-se? De fato, há muito avança em meio a grandes enigmas. Sempre esteve só. Está sentado sobre uma árvore caída, está chorando.

Perdido! É como se o além a que sela o ponto de fuga viesse debruçar-se sobre ele, e lhe tocasse o ombro.

Erguer os olhos, então. Quando duas direções solicitam igualmente, numa encruzilhada, o coração bate mais forte e mais surdo, mas os olhos ficam livres. Hoje à noite, em casa, ponha lenha no fogo, como lhe permitem fazer: ele a verá queimar num outro mundo.

Fale, só para si: as palavras repercutirão num outro mundo.

E mais tarde, bem mais tarde, longos anos mais tarde, sozinho, sozinho sempre em seu quarto com o livro que escreveu: ele o tomará nas mãos, olhará para as letras negras do título na capa de cartão fino, colorido de azul. Separará algumas páginas, para que fique de pé sobre a mesa.

VI / Il a dix ans. L'âge où l'on regarde les ombres se déplacer, est-ce par saccades? et la déchirure dans le papier des murs, et le clou planté dans le plâtre avec autour du métal rouillé les infimes écaillements de l'incompréhensible matière. S'est-il perdu? En fait, il avance depuis longtemps parmi de grandes énigmes. Il a toujours été seul. Il s'est assis sur l'arbre tombé, il pleure. // Perdu! C'est comme si l'au-delà que scelle le point de fuite venait se pencher sur lui, et le touchait à l'épaule. // Lever les yeux, alors. Quand deux directions sollicitent également, à un carrefour, le cœur bat plus fort et plus sourd, mais les yeux sont libres. Ce soir, à la maison, qu'il place des bûches sur le feu, comme on lui permet de le faire: il les verra brûler dans un autre monde. // Qu'il parle, pour lui seul: les mots retentiront dans un autre monde. // Et plus tard, bien plus tard, de longues années plus tard, seul, seul toujours dans sa chambre avec ce livre qu'il a écrit: il le prendra dans ses mains, regardera les lettres noires du titre sur le carton léger, teint de bleu. Il en séparera quelques pages, pour qu'il soit debout sur la table.

Aproximará dele depois um fósforo aceso, uma mancha parda depois preta vai nascer na cor, alargar-se, perfurar-se, um debrum de fogo claro lhe morderá as bordas, que ele apagará com o dedo antes de endireitar o livro para reinscrever o sinal noutro lugar da capa. Eis que agora todo um canto dela caiu. O papel glacê, alvíssimo, da primeira página, apareceu por baixo, ele próprio atingido, amarelado pelo calor.

Ele pousa o livro, vai conservar em mente, não sabe ainda por quê, o casamento das frases com a cinza.

Puis il en approchera une allumette enflammée, une tache brune puis noire va naître dans la couleur, s'y élargira, se trouera, un liseré de feu clair en mordra les bords, qu'il écrasera du doigt avant de redresser la brochure pour réinscrire le signe à un autre endroit de la couverture. Voici maintenant que tout un coin de celle-ci est tombé. Le papier glacé, très blanc, de la première page, est apparu au-dessous; atteint lui-même, jauni, par la chaleur. // Il pose le livre, il va garder en esprit, il ne sait encore pourquoi, le mariage des phrases et de la cendre.

VII

O ladrar de um cão, que pôs fim ao seu medo. O pilar do sol de permeio às nuvens, à tarde. As poças que o escolar vê faiscar nas palavras, no por vir da sua vida, quando empurra a pena áspera no embaraço do ditado muito rápido.

E todo galho frente ao céu, por causa dos alargamentos, dos estreitamentos da massa. O invisível que ali borbulha, como a fonte no degelo, violenta. E as bagas vermelhas, em meio às folhas.

E a luz, no retorno; a chama em que tudo começa e tudo tem fim.

VII / L'aboi d'un chien, qui a mis fin à sa peur. Le pilier du soleil parmi les nuages, le soir. Les flaques que l'écolier voit étinceler dans les mots, dans l'à venir de sa vie, quand il pousse sa plume rêche dans l'enchevêtrement de la dictée trop rapide. // Et toute branche devant le ciel, à cause des évasements, des resserrements de sa masse. L'invisible qui là bouillonne, comme la source au dégel, violente. Et les baies rouges, parmi les feuilles. // Et la lumière, au retour; la flamme en quoi tout commence et tout prend fin.

A VIDA ERRANTE

(Excertos)

(1993)

LA VIE ERRANTE

seguido de

UMA OUTRA ÉPOCA DA ESCRITURA

(Excertos)

UNE AUTRE ÉPOQUE DE L'ÉCRITURE

A VIDA ERRANTE

IMPRESSÕES, SOL POENTE

O pintor que chamam borrasca trabalhou bem, esta noite,
Juntaram-se figuras de grande beleza
Sob um pórtico no céu, à esquerda, onde se perdem
Esses degraus fosforescentes pelo mar.
E há uma agitação dentro da turba,
Assim como se um deus aparecesse,
Semblante de ouro entre outros tantos sombrios.

Mas esses gritos de surpresa, cantos quase,
Essas músicas de pífaro e esses risos
Não nos vêm daqueles seres, mas de sua forma.
Os braços que se abrem rompem-se, multiplicam-se,
Os gestos se dilatam, se diluem,
Continuamente a cor vai ficando outra cor
E outra coisa que a cor, assim como ilhas,
Farpas de órgãos imensos pelas nuvens.
Se isso é a ressurreição dos mortos, esta se parece
Com a crista das ondas no instante em que se quebram,
E agora está o céu quase vazio,
Apenas uma massa rubra indo em busca
De um lençol de aves negras, ao norte, pipiando, à noite,

Aqui, ali
Uma poça ainda, furada
Por uma tocha da beleza em cinzas.

LA VIE ERRANTE
IMPRESSIONS, SOLEIL COUCHANT / Le peintre qu'on nome l'orage a bien travaillé, ce soir, / Des figures de grande beauté sont assemblées / Sous un porche, à gauche du ciel, là où se perdent / Ces marches phosphorescentes dans la mer. / Et il y a de l'agitation dans cette foule, / C'est comme si un dieu avait paru, / Visage d'or parmi nombre d'autres sombres. // Mais ces cris de surprise, presque ces chants, / Ces musiques de fifres et ces rires / Ne nous viennent pas de ces êtres mais de leur forme. / Les bras qui s'ouvrent se rompent, se multiplient, / Les gestes se dilatent, se diluent, / Sans cesse la couleur devient autre couleur / Et autre chose que la couleur, ainsi des îles, / Des bribes de grandes orgues dans la nuée. / Si c'est là la résurrection des morts, celle-ci ressemble / À la crête des vagues à l'instant où elles se brisent, / Et maintenant le ciel est presque vide, / Rien qu'une masse rouge qui se déplace / Vers un drap d'oiseaux noirs, au nord, piaillant, la nuit. // Ici ou là / Une flaque encore, trouée / Par un brandon de la beauté en cendres.

DE VENTO E DE FUMAÇA

I

A Ideia, assim pensou-se, é a medida de tudo,
De onde advém que “la sua bella Elena rapita”, diz Bellori
De uma pintura célebre de Guido Reni,
Pode ser comparada à outra Helena,
Aquela imaginada, amada talvez, por Zêuxis.
Mas que são as imagens perto da mulher jovem
Que Páris tanto desejou? A única vinha,
Não é o frêmito das mãos reais
Sob a febre dos lábios? E que peça a criança
Avidamente ao cacho de uvas, e que beba
Diretamente a luz, às pressas, antes
Que venha o tempo a desabar sobre o que é?

Mas não,
Pensou um comentarista da Ilíada, ansioso
Por explicar, por desculpar dez anos
De guerra, e o fato é que não foi Helena
Assediada, não foi levada de barca a navio,
Não foi retida, aos gritos, em correntes

A leitos em desordem. O raptor
Só levava uma imagem: uma estátua
Que havia feito um mágico das brisas
Das tardes de verão de calmaria,
Por que tivesse ela o calor do corpo em vida
E a respiração mesmo, e o olhar

DE VENT ET DE FUMÉE

I / L'Idée, a-t-on pensé, est la mesure de tout, / D'où suit que “la sua bella Elena rapita”, dit Bellori / D'une célèbre peinture de Guido Reni. / Peut être comparée à l'autre Hélène, / Celle qu'imagina, aima peut-être, Zeuxis. / Mais que sont des images auprès de la jeune femme / Que Pâris a tant désirée? La seule vigne, / N'est-ce pas le frémissement des mains réelles / Sous la fièvre des lèvres? Et que l'enfant / Demande avidement à la grappe, et boive / À même la lumière, en hâte, avant / Que le temps ne déferle sur ce qui est? // Mais non, / A pensé un commentateur de l'Iliade, anxieux / D'expliquer, d'excuser dix ans de guerre, / Et le vrai, c'est qu'Hélène ne fut pas / Assaillie, ne fut pas transportée de barque en vaisseau, / Ne fut pas retenue, criante, enchaînée // Sur des lits en désordre. Le ravisseur / N'emportait qu'une image: une statue / Que l'art d'un magicien avait faite des brises / Des soirées de l'été quand tout est calme, / Pour qu'elle eût la tiédeur du corps en vie / Et même sa respiration, et le regard

Que se presta ao desejo. Essa Helena fictícia
Vagueia sonhadora sob as arcadas baixas
Do navio a fugir, parece até que escuta
O ruído de outro mar em suas veias azuis
E se sente feliz. Outros escoliastas
Até pensaram num trabalho em pedra.
Na cabina
Dia após dia sacudida no mar grosso
Helena é figurada, meio erguida
De seus lençóis, seus sonhos,
Ela sorri, ou quase. O braço está dobrado
Com infinita graça sobre o seio, os raios
Do sol levante, do poente, atardam-se
Depois vão se apagando no seu flanco nu.
E já mais tarde, no balcão de Troia,
Ela mantém esse sorriso.
Quem a viu, entretanto, além talvez de Páris?
Terão os portadores só sabido a grande pedra rubra,
Rugosa, fissurada
Que houveram de subir, suando, blasfemando,
Ao alto das muralhas, frente à noite.

Essa rocha,
Essa areia da origem, que esboroa,
É Helena? Essas nuvens, esses laivos rubros
Não se sabe se na alma ou se no céu?

A verdade talvez, mas mantida em silêncio,
Nem sequer Estesícoro a confessa,
Eis aqui: o semblante de Helena foi só fogo
Erguido contra o vento numa praia.
É uma massa de galhos cinzentos, de fumaças

Qui se prête au désir. La feinte Hélène / Erre rêveusement sous les voûtes basses / Du navire qui fuit, il semble qu'elle écoute / Le bruit de l'autre mer dans ses veines bleues / Et qu'elle soit heureuse. D'autres scoliastes / Ont même cru à une œuvre de pierre. / Dans la cabine / Jour après jour secouée par le gros temps / Hélène est figurée, à demi levée / De ses draps, de ses rêves, / Elle sourit, ou presque. Son bras est reployé / Avec beaucoup de grâce sur son sein, / Les rayons du soleil, levant, couchant, / S'attardent puis s'effacent sur son flanc nu. / Et plus tard, sur la terrasse de Troie, / Elle a toujours ce sourire. / Qui pourtant, sauf Pâris peut-être, l'a jamais vue? / Les porteurs n'auront su que la grande pierre rougeâtre, / Rugueuse, fissurée / Qu'il leur fallut monter, suant, jurant, / Jusque sur les remparts, devant la nuit. // Cette roche, / Ce sable de l'origine, qui se délite, / Est-ce Hélène? Ces nuages, ces lueurs rouges / On ne sait si dans l'âme ou dans le ciel? // La vérité peut-être, mais gardée tue, / Même Stésichorus ne l'avoue pas, / Voici: la semblance d'Hélène ne fut qu'un feu / Bâti contre le vent sur une plage. / C'est une masse de branches grises, de fumées

(Pois mal pegava o fogo) que Páris carregou
Na madrugada úmida na barca.
É esse braseiro, batido pelas vagas,
Cernido pelos gritos das aves do mar,
Que ele entregou ao mundo, nos abrolhos
Da beira-mar natal, batida e perfurada
De outras vagas ainda. O leito de pedra
Fora armado lá no alto, pelo céu,
E quando Troia caísse restaria o fogo
A gritar a beleza, o protesto do espírito
Contra a morte.

Nuvens,
Uma a prender-se à outra, a defender
Mal, a verter
Entre os corpos amantes
A taça faiscante do corisco.

E o céu
Ficou um pouco mais
Sobre o leito terrestre. Dir-se-ia, acalmados,
O homem, a mulher: uma montanha, uma água.
Entre ambos
A taça já vazia, ainda plena.

II

Mas quem disse
Que aquela a quem Páris abraçou, o fogo,
Os ramos rubros nesse fogo, o acre fumo
Nas órbitas vazias, não foi nem mesmo
Esse sonho, que se faz obra para acalmar
O desejo do artista, mas simplesmente

(Car le feu prenait mal) que Pâris a chargée / Au petit jour humide sur la barque. / C'est ce brasier, ravagé par les vagues, / Cerné par la clameur des oiseaux de mer, / Qu'il restitua au monde, sur les brisants / Du rivage natal, que ravagent et trouent / D'autres vagues encore. Le lit de pierre / Avait été dressé là-haut, de par le ciel, / Et quand Troie tomberait resterait le feu / Pour crier la beauté, la protestation de l'esprit / Contre la mort. // Nuées, / L'une qui prend à l'autre, qui défend / Mal, qui répand / Entre ces corps épris / La coupe étincelante de la foudre. // Et le ciel / S'est attardé; un peu, / Sur la couche terrestre. On dirait, apaisés, / L'homme; la femme: une montagne, une eau. / Entre eux / La coupe déjà vide, encore pleine. // II / Mais qui a dit / Que celle que Pâris a étreint, le feu, / Les branches rouges dans le feu, l'âcre fumée / Dans les orbites vides, ne fut pas même / Ce rêve, qui se fait œuvre pour calmer / Le désir de l'artiste, mais simplement

Um sonho desse sonho? O sorriso de Helena:
Nada além do deslize do lençol da noite,
Mostrando, num relâmpago,
A luz por sob o céu adormecida.

Cada vez que um poema,
Uma estátua, ou até uma imagem pintada,
Se preferem figura, se despegam
Da nuvem choques de faiscamento,
Helena se dissipa, ela que apenas
Foi a intuição que fez Homero debruçar-se
Sobre sons de mais baixo que suas cordas na
Desajeitada lira das palavras terrestres.

Mas na alva do sentido
Enquanto a pedra ainda está escura, a cor
Ferve, na impaciência do pincel,
Páris carrega Helena,
Ela debate-se, grita,
Aceita; e as vagas ficam calmas, contra a vante,
E a alva está radiante sobre o mar.

Bebe, diz Páris
Que desperta, e estende o braço na sombra estreita
Do quarto balançado pela vaga pouca,
Bebe,
Aproxima depois a taça de meus lábios
Para eu poder beber.

Eu me inclino, responde
Aquela que é, talvez, ou com quem sonha.
Eu me inclino, eu bebo,
Eu já não tenho nome mais que a nuvem,
Como ela dilacero-me, luz pura.

Un rêve de ce rêve? Le sourire d'Hélène: / Rien que ce glissement du drap de la nuit, qui montre, / Mais pour rien qu'un éclair, / La lumière endormie en bas du ciel. // Chaque fois qu'un poème, / Une statue, même une image peinte, / Se préfèrent figure, se dégagent / Des à-coups d'étincellement de la nuée, / Hélène se dissipe, qui ne fut / Que l'intuition qui fit se pencher Homère / Sur des sons de plus bas que ses cordes dans / La maladroite lyre des mots terrestres. // Mais à l'aube du sens / Quand la pierre est encore obscure, la couleur / Boue, dans l'impatience du pinceau, / Pâris emporte Hélène, / Elle se débat, elle crie, / Elle accepte; et les vagues sont calmes, contre l'etrave, / Et l'aube est rayonnante sur la mer. // Bois, dit Pâris / Qui s'éveille, et étend le bras dans l'ombre étroite / De la chambre remuée par le peu de houle, / Bois, / Puis approche la coupe de mes lèvres / Pour que je puisse boire. // Je me penche, répond / Celle qui est, peut-être, ou dont il rêve. / Je me penche, je bois, / Je n'ai pas plus de nom que la nuée, / Je me déchire comme elle, lumière pure.

E ao te dar alegria já não tenho sede.
Luz bebida.

Foi um menino
Nu na grande praia enquanto Troia ardia
Que viu por último Helena
Nas touceiras de chamas no alto das muralhas.
Ele vagava, ele cantava,
Tomara em suas mãos um pouco de água,
Ali vinha beber o fogo, mas a água
Escapa da imperfeita taça, assim o tempo
Arruína o sonho, e no entanto o redime.

III

Estas páginas foram traduzidas.
De uma língua que habita a memória que eu sou.
As frases dessa língua são incertas
Como as nossas lembranças bem primeiras.
O texto eu recompus palavra por palavra,
Mas o meu não será mais que uma sombra daquele,
É de crer o princípio é uma Troia que queima,
A beleza saudade, a obra não tomar
A mancheias senão uma água que se furta.

Et t'ayant donné joie je n'ai plus de soif, / Lumière bue. // C'est un enfant / Nu sur la grande plage quand Troie brûlait / Qui le dernier vit Hélène / Dans les buissons de flammes du haut des murs. / Il errait, il chantait, / Il avait pris dans ses mains un peu d'eau. / Le feu venait y boire, mais l'eau s'échappe / De la coupe imparfaite, ainsi le temps / Ruine le rêve et pourtant le rédime. // III / Ces pages sont traduites. D'une langue / Qui hante la mémoire que je suis. / Les phrases de cette langue sont incertaines / Comme les tout premiers de nos souvenirs. / J'ai restitué le texte mot après mot, / Mais le mien n'en sera qu'une ombre, c'est à croire / Que l'origine est une Troie qui brûle, / La beauté un regret, l'œuvre ne prendre / À pleines mains qu'une eau qui se refuse.

UMA PEDRA

Tenho sempre fome desse
Lugar que nos foi espelho,
Das frutas curvadas dentro
De sua água, luz que salva,

E gravarei sobre a pedra
Lembrança de que brilhou
Um círculo, fogo ermo.
Acima é rápido o céu

Como ao voto a pedra é fechada.
Que buscávamos? Talvez
Nada, a paixão só é sonho,
Nada pedem suas mãos.

E de quem amou uma imagem,
Por mais que o olhar deseje,
Fica a voz sempre partida,
É a palavra toda cinzas.

UNE PIERRE
UNE PIERRE / J'ai toujours faim de ce lieu / Qui nous était un miroir, / Des fruits voûtés dans son eau, / De sa lumière qui sauve. // Et je graverai dans la pierre / En souvenir qu'il brilla / Un cercle, ce feu désert. / Au-dessus le ciel est rapide // Comme au vœu la pierre est fermée. / Que cherchions-nous? Rien peut-être, / Une passion n'est qu'un rêve, / Ses mains ne demandent pas. // Et de qui aima une image, / Le regard a beau désirer, / La voix demeure brisée, / La parole est pleine de cendres.

O AINDA CEGO

....
....

Os teólogos
Desse outro país estimam
Que Deus é, mas cego.
Que ele busca, tateando
Entre muros muito rentes, é o mundo,
O corpinho a gritar, se debatendo,
De olhos ainda fechados,
Que lhe há de dar um olhar
Se todavia ele puder
Com mãos desajeitadas, de antes do tempo,
Soerguer-lhe as pupilas.
A ideia, o sonho de Deus,
O sonho desse fundo da noite a que chamam Deus,
Seria, simplesmente,
Dizem-me eles,
Tomar-se aquela vida, chamando
Por que imagina lá, à frente,
Em um olhar. O sonho, o desejo
Que nasce das ravinas, desses blocos disformes,
Desse ruído, profundíssimo, de fonte, Deus,
E esse algo ali fosse subindo
Pelo sangue, pelo grito, pelo corpo todo
Rumo ao que ele ainda não tem,
Um rosto, olhos.

L'ENCORE AVEUGLE //........../..........// Les thèologiens / De cet autre pays estiment / Que Dieu est, mais aveugle. / Qu'il cherche, en tâtonnant / Entre des murs trop proches, c'est le monde, / Le petit corps criant, se débattant, / Aux yeux encore fermés, / Qui lui donnera un regarde / Si toutefois il peut / De ses mains maladroites, d'avant le temps, / En soulever les paupières. / L'idée, le rêve de Dieu, / Le rêve de ce fond de la nuit qu'ils nomment Dieu, / Ce serait, simplement, / Me disent-ils, / De devenir cette vie, appelé / Par ce qu'il imagine là, en avant, / Dans un regard. Le rêve, le désir / Qui naît de ces ravins, de ces blocs informes, / De ce bruit, très en profondeur, de source, Dieu, / C'est que ce quelque chose là remonterait / Par le sang, par le cri, par tout le corps / Vers ce qu'il n'a pas encore, / Un visage, des yeux.

Não, Deus não busca
Adoração, a fronte curva, o espírito
Que o invoca, que o questiona, nem sequer
O grito da revolta. Busca simplesmente
Ver, como a criança vê, uma pedra,
Uma árvore, uma fruta,
A parreira debaixo do telheiro,
O pássaro que pousa no cacho maduro.

Deus busca, ele sem olhos,
Ver afinal a luz.
Ele toma, ele o eterno,
Nas suas mãos,
O gritante, o fugaz
Pois que olhar só exite no que morre.

E assim ele vai recomeçando
Em cada vida
E enquanto ela puder ver, pois a treva
Vem logo, a sua humilde cata
De simplesmente a aparência.
Ela é mais que ele, bem o sabe,
Ele que é o interior, ele que curva
A coisa à sua forma, que a entenebra,
Ele que se expande
no revoar das andorinhas, gritantes
No céu azul; e que se rasga até, que se dilui
Dentro da nuvem; mas sempre
Do interior, de sob o rosto, de sob a massa
Que cobre a massa, que recobre
As falhas e os blocos, ao infinito,
Do que aqueles teólogos me dizem Deus.

Non, Dieu ne cherche pas / L'adoration, le front courbé, l'esprit / Qui l'invoque, qui le questionne, pas même / Le cri de la révolte. Il cherche, simplement, / A voir, comme l'enfant voit, une pierre, / Un arbre, un fruit, / La treille sons le toit, / L'oiseau qui s'est posé sur la grappe mûre. // Dieu cherche, lui sans yeux, / A voir enfin la lumière. / Il prend, lui l'éternel, / Dans ses mains, / Le criant, le fugace / Puisqu'il n'est de regard que dans ce qui mourt. // Et ainsi recommence-t-il / Dans chaque vie / Et tant qu'elle peut voir, car la ténèbre / Vient tôt, son humble quête / De simplement l'apparence. / Elle est plus que lui, il le sait, / Lui qui est le dedans, lui qui recourbe / La chose sur sa forme, qui l'enténèbre; / Lui qui s'évase / Dans le vol des hirondelles, criantes / Dans le ciel bleu; et m~eme qui se déchire, qui se dilue / Dans la nuée; mais toujours / Du dedans, de sous la figure, de sous la masse / Qui recouvre la masse, qui recouvre / Les failles et les blocs, à l'infini, / De ce que ces théologiens me disent Dieu.

(Ele que se ouve
No ranger da porteira, pela noite,
Só o céu que é vermelho e foca imóvel,
Quando nos recolhemos
E isso também é dentro, dentro do ruído agora,
E a noite cai,
E se revira uma pedra,
Vede, me dizem eles,
A agitação das formigas fora do mundo).

Deus,]
O que os teólogos de lá chamam de Deus,
Busca. Sabe que não há nada, dizem-me eles,
Reconhecer, dar nome, construir,
Sabe que nem mesmo o imagina, não atinge,
Esperar,
Sabe que é mais que ele. Aguardar,
Sabe que é mais que ele,
Avistar ao longe, gritar,
Precipitar-se de braços abertos, em pranto,
Sabe que é mais que ele.

E falar,
Dizer: "Vamos, toma,
Olha, não chores mais,
Vai brincar",
Sabe que é mais que ele.
Dizer: "Bebe".
Dobrar-se sobre uma criança qual quisera,
Mas de outro jeito,
Com as mãos para tocar cada soluço,
Com nada além de a esperança e todo o anseio,
Sabe que é mais que ele.

(Lui qu'on entend / Dans le grincement de la barrière, le soir, / Sous le ciel qui est rouge et s'immobilise, / Quend nous rentrons, / Et c'est là du dedans encore, dedans du bruit cette fois, / Et la nuit tombe, / Et qu'on retourne une pierre, / Voyez, me disent-ils, / L'agitation des fourmis hors du monde). // Dieu, / Ce que ces théologiens de là-bas appellent Dieu, / Cherche. Il sait qu'il n'a rien, me disent-ils, / Reconnaître, nommer, bâtir, / Il sait qu'il ne l'imagine pas même, n'y atteint pas, / Espérer, / Il sait que c'est plus que lui. Attendre, / Il sait que c'est plus que lui, / Apercevoir au loin, crier, / Se précipiter les bras ouverts, dans les larmes, / Il sait que c'est plus que lui. // Et parler, / Dire: "Allons, prends, / Regarde, ne pleure plus, / Va jouer", / Il sait que c'est plus que lui. / Dire: "Bois". / Se pencher sur l'enfant comme il le voudrait, / Mais autrement, / Avec des mains pour toucher les sanglots, / Avec rien que l'espoir et toute l'alarme, / Il sait que c'est plus que lui.

(Fora, entretanto,
Vozes. Lá fora:
"Vem, já é tarde,
Vem comigo". Ele escuta.
Mas ele é o que o invisível, o que a vida
Muram, nas mais simples palavras).

Sabe que ainda que queira
Pegar na mão de alguém
A mão não estará nunca entre as suas.

Deus,
O que eles chamam Deus, ele o sem nome,
Busca. Eles o ouvem rondando
No grito da ave ferida, no ganido
Do bicho preso.

E sabem pois os teólogos, aqueles,
Que Deus se achega a eles,
Noite e dia; penetra-lhes as pupilas
Ao abrirem os olhos. Estão convictos
De que ele quer suas lembranças,
Sua alegria,
De que quer despojá-los de até a morte.

E toda a ideia deles, toda a vida,
É rechaçá-lo, é dizer não
Às mãos imensas.
"Afasta-te, gritam,

Afasta-te nas árvores,
Afasta-te no sopro do vento errante,
Afasta-te no azul e no ocre rubro.

(Dehors, pourtant, / Des voix. Dehors: / "Viens, il est tard, / Rejoins-moi". Il écoute. / Mais il est ce que l'invisible, ce que la vie / Murent, dans les plus simples des mots). // Il sait qu'il aura beau / Prendre une main, / La main ne sera pas entre les siennes. // Dieu, / Ce qu'ils appellent Dieu, lui le sans nom, / Cherche. Ils l'entendent qui rôde / Dans le cri de l'oiseau blessé, dans le jappement / De la bête prise. // Et ces théologiens savent donc / Que Dieu s'approche d'eux, / Nuit et jour; qu'il se glisse dans leurs prunelles, / Quand ils ouvrent les yeux. Ils se convainquent / Qu'il veut leurs souvenirs, / Leur joie. / Qu'il veut les dépouiller de même la mort. // Et toute leur pensée, toute leur vie, / C'est de le repousser, c'est de dire non / Aux mains immenses. / "Eloigne-toi, crient-ils, // Eloigne-toi dans les arbres, / Eloigne-toi dans le souffle du vent qui erre, / Eloigne-toi dans le bleu et dans l'ocre rouge.

Afasta-te no gosto bom das frutas.
Afasta-te.
No trêmulo cordeiro até do sacrifício".
E vão por sob as árvores,
Agitam bandeirolas coloridas.
Vamos, afasta-te, gritam,
"Vai, desespera,
Vamos, levanta-te, vai embora,
És a besta furtiva de coração talhado em noite;

Larga a mão que seguras,
Ela tem medo,

Tropeça, reergue-te,
Corre, criança nua que atacam a pedradas".

....
....

Eloigne-toi dans la saveur des fruits. / Eloigne-toi / Dans même l'agneau tremblant du sacrifice". / Et ils vont sous les arbres, / Ils agitent des banderolles de couleur. / Allons, éloigne-toi, crient-ils, / "Va, désespère, / Allons, lève-toi, pars, / Tu es la bête furtive au cœur maçonné de nuit; // Lâche la main que tu prends. / Elle a peur, // Trébuche, relève-toi, / Cours, enfant nu que l'on accable de pierres". //........../..........//

PRINCIPAIS OBRAS PUBLICADAS (1946-1997)

Traité du pianiste, La Révolution la nuit, 1946.
Du mouvement et de l'immobilité de Douve, Mercure de France, 1953.
Peintures murales de la France gothique, Hermann, 1954.
Hier régnant désert, Mercure de France, 1958.
L'improbable, Mercure de France, 1959.
Dévotion, Mercure de France, 1959.
La seconde simplicité, Mercure de France, 1961.
Arthur Rimbaud, Le Seuil, 1961.
Anti-Platon, Mercure de France, 1962.
Pierre écrite, Mercure de France, 1965.
Un rêve fait à Mantoue, Mercure de France, 1967.
Rome 1630: l'horizon du premier baroque, Flammarion, 1970.
L''arrière-pays, Skira, 1972.
L'ordalie, Galerie Maeght, 1975.
Dans le leurre du seuil, Mercure de France, 1975.
Rue traversière, Mercure de France, 1977.
Trois remarques sur la couleur, Thierry Bouchard, 1977.
Le nuage rouge, Mercure de France, 1977.
Poèmes (Retoma a produção anterior), Mercure de France, 1978.
La présence et l'image, Mercure de France, 1983.
Ce qui fut sans lumière, Mercure de France, 1987.
Récits en rêve, Mercure de France, 1987,
Les raisins de Zeuxis, George Nama, 1987.
La vérité de parole, Mercure de France, 1988.
Là où retombe la flèche, Mercure de France, 1988.
Une autre époque de l'écriture, Mercure de France, 1988.
Quarante-cinq poèmes de W. B. Yeats suivis de *La Résurrection*, Hermann, 1989.
Sur un sculpteur et des peintres, Plon, 1989.
Entretiens sur la poésie (1972-1990), Mercure de France, 1990.
Encore les raisins de Zeuxis, Monument Press, 1990.
Début et fin de la neige, Mercure de France, 1991.
Alberto Giacometti, biographie d'une œuvre, Flammarion, 1991.
La vie errante, Mercure de France, 1993.
Remarques sur le dessin, Mercure de France, 1993.
La petite phrase et la longue phrase, TILV, 1994.
La journée d'Alexandre Hollan, Le temps qu'il fait, 1995.

Dessin, couleur, lumière, Mercure de France,1995.
Plus Loin, plus vite, R. et L. Dutrou, 1996.
L'encore aveugle, Festina lente, 1997.

TRADUÇÕES de Shakespeare:

Henri IV, Jules César, Le Conte d'hiver, Vénus et Adonis, Le Viol de Lucrèce, Club français du livre, 1957-1960.
Hamlet, e "Idée de la traduction", Mercure de France, 1962.
Le Roi Lear, Mercure de France, 1965.
Roméo et Juliette, Mercure de France, 1968.
Macbeth, Mercure de France, 1983.
Les poèmes (Venus et Adonis, Le Viol de Lucrèce, Phénix et Colombe), précédé de "Traduire en vers ou en prose", Mercure de France, 1993.
Le conte d'hiver, précédé de "Art et Nature: l'arrière-plan du 'Conte d'hiver'", Mercure de France, 19984, et Folio, Gallimard, 1996.
Jules César, précédé de "Brutus, ou le rendez-vous à Philippes", Mercure de France, et Folio, Gallimard, 1996.
XXIV Sonnets de Shakespeare, suivi de "Une journée dans la vie de Prospéro", Folio, Gallimard, 1997.

EDIÇÃO

Dictionnaire des mythologies et des religions des sociétés traditionnelles et du monde antique, Paris, Flammarion, 1981.

Este livro foi composto em Times e Gotham pela *Iluminuras* e terminou de ser impresso nas oficinas da *Meta Brasil Gráfica*, em Cotia, SP, em papel off-white 80 gramas.